# 男子にあらずんば子どもにあらず

## 女性史と私

小石房子
*Koishi Fusako*

作品社

# はじめに

私が女性史の話をすると、

「男性史はないのに、なぜ女性史があるのですか」ときかれます。

「日本は男尊女卑の国で、正史には女性史が書かれていないので、女性史が生まれたのです」

私はこうこたえるのですが、女性史の生みの親は国連でした。

第二次世界大戦が終った時、世界の多くの国が男性優位だったので、国連は昭和五十年（一九七五）を「国際婦人年」と銘打って、婦人の地位の向上と、男女平等の推進を呼びかけたのです。この国連の呼びかけにこたえて、日本では女性史が書かれるようになり、一流の女性作家が筆を競いました。

しかしブームが去って本が売れなくなると、女性作家は女性史から引退しました。

当時の女性作家は生まれも育ちもよく、女子大を出ていて男性作家と肩を並べていたので、人物史は書いても、婦人の地位の向上や、男女平等の推進には関心が薄かったのです。

そのため、婦人の地位は向上せず、男女平等も進展はなく、身分差別も改善されませんでした。そんな中で、私はブームが去っても女性史を書きつづけ、女性史の講座は今もつづいています。

女性史をつづける理由が何かと言えば、それは不幸な時代に生まれ育った私の哀しい生い立ちです。

私は「産めよ増やせよ」の戦時中に生まれ、男尊女卑の生け贄にされて育ったので、女性の地位の向上と男女平等、人間平等の推進は、私の悲願でした。

それで老い先短かい私は、老骨に鞭打って、私が歩いた不幸な時代と哀しい生い立ちを書き残すために、ペンを執りました。

命がある限り悲願の成就を願って、私は女性史を書き、講座をつづけたいと念じています。

目次

はじめに　1

第1章　かわいそうな女の子……9

はずれっ子
十七才の兵隊
幾馬《いくま》さんの遠吠《とおぼ》え
ナミちゃんの赤いべべ
みにくいあひるの女の子
キリスト教と童話
さようならラッペチ
女性史と流人史

第2章

# 歴史に埋もれた女たち

宗麟の妻

返された原稿

秀吉の二人の妻

禁じられた女帝

最初の女帝　第三十三代推古天皇

「二人目の女帝」　第三十五代皇極《こうぎょく》天皇・第三十七代斉明《さいめい》天皇

三人目の女帝　第四十一代持統天皇

四人目の女帝　第四十三代元明天皇

二代の皇位を占めた六人目の女帝　第四十六代孝謙《こうけん》天皇・第四十八代称徳《しょうとく》天皇

七人目の女帝　第百九代明正天皇

囚屋《ひとや》の歌詠み

もう一人の愛加那

冨貴豆《ふきまめ》と命の水

第3章　男女平等・人間平等……149
生涯の師
すばらしい講義
四本の指
先生と私
ひと粒の麦
あとがき　185

第１章

# かわいそうな女の子

## はずれっ子

昭和十八年（一九四三）の二月九日は、すえ子の満六才の誕生日です。

午後二時に幼稚園が終るとすえ子は急いで家に帰り、玄関ではなく通りに面したお店から家に入って、お母さんを探しました。

「おかあちゃーん」

すえ子が何度かお母さんを呼ぶと、店の奥の居間の方から、「おかえり」という返事が返ってきました。お母さんは居間の入口でぬい物をしていました。

すえ子の家は九州の大分市の町中の金物屋さんです。大阪から仕入れをして小売屋さんに売る金物卸問屋です。

広いお店にはお鍋や湯わかし器や、ごはんを炊くお釜のほかに、お弁当箱や水筒やお茶を入れる急須などの見本を並べた陳列台があって、板張りの帳場には書類を並べた大きな机と椅子、その横に黒い金庫。そして机の前には仕入れに来る小売屋さんのカウンターがあって、机の横の柱には黒い電話が取りつけてありました。

藤宮金物店という看板をかかげたお店は、町の通りの四つ角に建っています。道をはさんだ向いに二階建ての奥の深い倉庫があって、お父さんと店員が入口にある荷造り場と店の間を行ったり来たりしていました。

少し前まで店員は二人いたのですが、戦争が始まると一人が出征して一人になったので、お父さんも荷造りを手伝い、お母さんが居間の入口で店番をしながらぬい物をしていたのです。

その日のお母さんは大きなおなかの上に手をのせて、赤ちゃんの肌着をぬっていました。それは四月に生まれる七番目の子どもの肌着でした。

その日はすえ子の誕生日でしたが、その頃はまだかぞえ年といってお正月に年を取るので、お正月のお年玉が誕生祝いであり、お正月の年餅がバースデイケーキでした。それで誕生日には赤飯を食べるのがふつうでしたが、すえ子の家では赤飯の代りにライスカレーを食べていました。

すえ子はそのライスカレーが大好物だったので、お母さんにお願いするために急いで幼稚園から帰ってきたのです。

「おかあちゃん、今日はうちの誕生日やから晩ごはんはライスカレーをつくってね。おねがい」

すえ子がお母さんの前にすわって頼むと、お母さんはぬい針の手を止めて、すえ子を見て笑顔でこたえました。

「そうそう。今日はあんたの誕生日やったね。晩ごはんはライスカレーにしますよ」

今ではカレーライスとよばれて大人も子どもも大好物ですが、太平洋戦争が始まったばかりのその頃はライスカレーとよばれて、ふつうの家ではまだつくることはありませんでした。

　でもすえ子のお母さんは、娘のころ通った女学校で教わっていたので、デパートでカレー粉を買って来て、こま切れの肉と野菜を煮て小麦粉とカレー粉でルーをつくり、とろ味をつけてご飯にかけていたのです。子ども用の甘口のカレーでしたが、みんなの大好物で、藤宮家の誕生日のごちそうは、ライスカレーが決まりでした。

「すえ子は何才になるの？」

お母さんがきいたので、すえ子は元気よく「満六才」とこたえました。

するとお母さんは笑いながら言ったのです。

「そうそう。あんたが生まれた日、学校から帰ったお兄ちゃんが『また女か』と言ってカバンを投げたのよ」

「女の子だといけないの？」

すえ子はおどろいて聞き返しました。

「だってあんたは五番目に生まれた四人目の女の子でしょ。お兄ちゃんは弟がほしくて待っていたの。だからあんたははずれっ子だったのよ」

「はずれっ子？」

「そう。男の子はお国のためになるし、お家のためにもなるわ」

「お国のためって兵隊さん？」

「そう」

「ならお家のためって何？」

「お家がつぶれないように、家のあと継ぎになるの。だからすえちゃんははずれっ子だったのよ」

はずれっ子と言われて、すえ子は胸が苦しくなりました。すえ子が女の子になりたいと言って生まれたわけではないのです。そしてがっかりしたのはお兄ちゃんだけではなかったのです。

それは名前を見ればわかります。

いちばん上のお兄ちゃんは昭和二年に生まれたので昭二と名づけられ、つづいて生まれた三人のお姉ちゃんは、松子、竹子、梅子。つまり松竹梅というおめでたい名前を付けてもらいました。でも女の子は四人でおしまいにしたかったので、お父さんとお母さんは「すえ（末）子にしようかトメ（留）にしようか」と相談しました。すえ子とトメは、子だくさんの家の親が女の子につける名前でした。

するとそこへおばさんがやって来たのです。

「まあ、あいらしい女の子じゃねえ。名前はなんとするのかい？」

おばさんにきかれると、

「女の子は終りにしたいので、すえ子かトメにしようと話し合っていたところです」

とお父さんはこたえました。

　するとおばさんは顔をしかめて、叱りました。

「かわいそうだよ。この子だって苦労して生まれてきたんだよ。子どもは神さまからの授かりものだから、もっと立派な名前を付けておやりよ」

「分りました」

　お父さんはおばさんにはさからえず、今朝新聞で見た名前を口にしました。

「なら房子という名はどうでしょう。明治天皇さまの第七皇女で、北白川家に嫁いだ内親王の名前です」

「それはいい。それなら文句はないねえ。この子もきっと立派な娘に育つだろうよ」

　そう言っておばさんが承知したので、四人目の女の子は房子と命名されました。

　でもお父さんとお母さんにはこれでおしまいにしたいという想いが強かったので、家の中では「すえ子」と呼びました。すると子どもたちもそれに倣い、おばさんもつられていつのまにかすえ子と呼ぶようになりましたが、本名は房子で、すえ子は、これでおしまいという哀称です。

　すえ子が生まれた年に日本は中国と戦争を始めていましたし、明治維新から富国強兵のために海外侵出を始めた日本は、「産めよ増やせよ」と国民に命じて、戦力となる兵隊を増やそうとしていたのです。だから生まれる子どもは、兵隊になる男の子が歓迎されました。

そのため藤宮家では、女の子はこれでおしまいにしたいと願って、四女の房子をすえ子と呼んだのですが、神さまは女の子を嫌った罰のように、翌年藤宮家に五人目の女の子をつかわしたのです。

お父さんはおばさんに抗議されないように、日本と独逸の防共協定の新聞記事を見ていたので、逸子と命名しました。しかしお父さんとお母さんがトメちゃんと呼んだので、五人目の女の子はトメちゃんと呼ばれるようになりました。

すえ子とトメちゃんは年子だったので、トメちゃんが生まれるとすえ子はおばあさんに預けられて、おばあさんといっしょに仏間で寝るようになりました。

ところがトメちゃんが生まれて五年後に、お母さんはまたお腹が大きくなりました。一男五女では肩身が狭いので男の子が生まれるまで頑張ろうと、お父さんと話し合ったのでしょう。

それですえ子の六才の誕生日に、お母さんは二カ月後に生まれる子どもが男の子でありますようにと心の中で祈りながら、生まれてくる子の肌着をぬっていたのでした。

「お姉ちゃん、お人形ごっこしようよ」

すえ子の声をききつけて、隣りの部屋からトメちゃんが赤い服の人形と桃色の服を着た人形を抱えて出て来ました。

赤い服の人形がトメちゃんの人形で、桃色の服を着た人形がすえ子の人形です。

「ちょっと待ってて」

ライスカレーを頼んだので、すえ子は仏間へ行ってカバンを置き、幼稚園の上着をぬいで夕ごはんまでトメちゃんと人形ごっこをして遊びました。

日が暮れて家の電気がつくと、家中にぷーんとカレーの匂いがして、夕飯になりました。

お父さんとおばあさんとお兄ちゃんは、茶の間のコタツのテーブルをかこみ、すえ子たち五人娘はお母さんと丸い飯台をかこんで坐りました。

お母さんの隣りにトメちゃんが坐り、トメちゃんの隣りにすえ子、そしてすえ子の隣りに梅子、竹子、松子姉さんの順で坐ると、松子姉さんがスプーンを並べ、女中のヨネちゃんがライスカレーを盛ったお皿を茶の間に運び、それから居間のすえ子たちに配ります。女中のヨネちゃんはお給仕をして、台所で店員さんといっしょに食べるのです。

食べる前にお母さんが「今日はすえちゃんの満六才の誕生日。すえちゃんおめでとう」と言うとみんなもつぎつぎ「おめでとう」を言ったのですえ子は「ありがとう」とこたえて、子ども用の小さなスプーンでライスカレーを口に入れましたが、「はずれっ子」と言われたのを思い出して、

「うちが生まれた日、お兄ちゃんがまた女かと言ってカバンを投げたんだって」と報告しました。

すえ子は三人のお姉さんがなぐさめてくれると思ったのですが、逆でした。

「すえちゃんは二才の時、毘沙門土手《びしゃもんどて》に捨てられたんよ」と二ばん目の竹子姉さんが笑いながら言ったのです。すえ子はふた口目のライスカレーがのどにつかえて、スプーンを落しました。

毘沙門土手は町はずれの広い田んぼの中を流れる水路です。その水路の土手のまん中に、田畑の守り神として、毘沙門天という仏さまを祀った小屋があるのです。

毘沙門天は戦の神さまだからこわい顔をしていて、体には侍のような甲冑をまとい、手には槍のような宝棒《ほうぼう》を持っています。

すえ子はおばあさんにつれられて、セリやツクシをつみに行ったことがありますが、毘沙門さまの土手道はお百姓さん以外は誰も通らないさびしい道です。そこに二才のすえ子は捨てられたというのです。

「うちが女の子やったから捨てられたの？」

すえ子はライスカレーを飲みこんでなみだ声できくと、松子姉さんが言いました。

「ちがうわ。お父さんが四十才の時に生まれた子は二才までに捨てないと、お父さんか子どものどちらかが死ぬという言い伝えがあるの。だから男の子だって捨てられるけど、すえちゃんはすぐに拾われたわ」

松子姉さんはたすけ舟を出してくれたのです。

「だれに拾われたの？」

すえ子がなみだ目をこすってきくと、

「拾ったのはおばあちゃんよ」

と松子姉さんはこたえました。

すえ子が生まれたころは数え年といって、生まれた時が一才で、お正月がくると二才になります。お父さんは四月生まれなので、二月生まれのすえ子はその時まだ一年二カ月の赤ちゃんでした。それで女中のヨネちゃんがおぶって後ろにおばあちゃんと、七才の松子姉さんと五才の竹子姉さんがついて、毘沙門土手へ行ったのです。

そしてヨネちゃんが土手の草の上にすえ子をおろし、すえ子が泣き出すのを待って、おばあちゃんが抱き上げたのでした。

おばあちゃんに拾われたので、すえ子はおばあちゃん子になったのだろうと思うとようやく胸のつかえがとれて、さいごまでライスカレーを食べることができました。

だけどその日は、哀しいことがまだありました。

食事が終ると、すえ子はいつものようにおばあさんとお風呂に入りました。

湯舟につかって向い合うと、おばあさんがききました。

「こんどの学芸会には、どんな劇をやるのかい？」

「『七ひきの子ヤギ』をやるの」

すえ子がこたえると、

「なら、なんばんめの子ヤギになるのかい？」

とおばあさんがまたききます。

　すえ子は困りました。すえ子はヤギになれないのです。

　それでえすえ子は「ううん」と首をふって、おばあさんのしなびた乳首を指先でもみました。言いたくないのです。

「それなら何になるのかい？」

　おばあさんは承知しません。

　しかたがないので、すえ子は小声でこたえました。

「ハチになるの」

「へーえ、七ひきの小ヤギに、ハチが出るのかい？」

　おばあさんはびっくりしてきき返しました。おばあさんはお姉ちゃんたちの学芸会を見ているので、七ひきの子ヤギのことはよく知っているのです。

「ハチは逃げて帰るオオカミを追っかけて、チクチクさすの」

　そうこたえて、すえ子はずっと不満に思っていたことを口にしました。

「うちのお父ちゃんはどうして戦争に行かないの？」

　するとおばあさんは頬の笑いじわをのばして、こわい顔ですえ子にたずねました。

「すえ子は、お父ちゃんが戦争に行った方が、いいのかい？」

「だってヤギになる子は、みんなお父さんが戦争に行っているんだもん」

すえ子は口をとがらせて言い返しました。

そうです。お母さんヤギのせっちゃんのお父さんは、マニラへ行っていて、七ひきの子ヤギのお父さんもみんな出征していて、まち子ちゃんとじゅん子ちゃんのお父さんは戦死しているのです。だけどすえ子のお父さんは兵たいにならないから、すえ子は子ヤギになれないのです。

「お父さんはもう四十六才だから、兵隊にはなれないの。だから消防団に入って、町を守っているわ。けど戦争に行った方がいいと思うのかい？」

おばあさんは叱るような怖い声でききます。

「だってお父ちゃんが戦争に行けば、子ヤギになれたんだもん」

「そうかねえ、お父ちゃんのお父さんは日露戦争で戦死したんだよ、お父ちゃんが二才の時だからお父さんの顔を知らないし、二人目のお父さんはお酒が好きで苦労をしたんだよ」

おばあさんは力をこめて言います。

そこですえ子はおなかの中にたまっていた悔しいことを、おばあさんに告げました。

すえ子が生まれた日にお兄ちゃんがカバンを投げたこと。そしてお母さんに「はずれっ子」と言われたこと。それから毘沙門土手に捨てられたこと。そして子ヤギになれなかったことを全部おばあさんに言いました。

するとおばあさんはすえ子の頬を両手で抱いて、

「子どもは神さまからの授かりものだから、はずれっ子なんかおらんよ。そして拾い子は育つというし、お父さんも戦争に行かず死なずにすんだから、すえ子はハチになって、オオカミを思いっきりチクンと刺しておやり。子どもは神さまからいただいた宝物だから、はずれっ子なんかおらんよ」

と言って首をふりました。

すえ子は胸が熱くなって涙がこみあげてこぼれそうになったので、急いで顔を洗いました。

「はずれっ子なんかおらん。男でも女でも子どもは神さまから授かった宝物。子宝《こだから》、子宝《こだから》！」

おばあさんはそう言って、すえ子の背中をなでました。

## 十七才の兵隊

誕生日を迎えて二カ月後の四月八日に、すえ子は国民小学校の一年生になりました。

今の日本は国民が選んだ国会議員が政治をしますが、そのころの日本は天皇陛下が国を治める皇国で、天皇陛下は現人神《あらひとがみ》（生き神さま）として崇《あが》められていました。そのためどこの学校にも校庭に奉《ほう》安殿《あんでん》という石造りのお社がつくられていて、中に天皇・皇后の御真影《ごしんえい》（写真）と明治天皇が国民のために説いたという教育勅語《きょういくちょくご》が納められていました。

教育勅語は入学式の日、黒いモーニングを着て黒い革靴をはき、手には白手袋をはめた校長先生が黒塗りのお盆に載せて、息がかからないように高く捧げて講堂へ運び、おごそかな声で拝読しました。言葉がむずかしいので顔を上げると、「頭を下げて」と先生に注意されるので、すえ子たちはうつむいて終るのを待たねばなりませんでした。

教育勅語の後、校長先生のお話があって入学式は終り、すえ子たちは受け持ちの先生にみちびかれて、廊下づたいに教室に入りました。

すえ子の受け持ちの安倍先生は、女学校を出たばかりの若い女の先生でした。

安倍先生は、すえ子たち一組の四十人を席につかせると、「天皇陛下さまと皇后陛下さまにご挨拶をしましょう」と言って、黒板の上の壁に飾られた御真影に向って「おはようございます」と挨拶をして、それから教壇にあがって学校の説明をしました。

こうして翌日からすえ子の学校生活は始まりましたが、子どもたちは学校へは隣保班《りんぽはん》という隣り組の町内会ごとに集まって、六年生の班長さんが引率して歌を歌いながら登校します。

肩を並べて兄さんと、今日も学校へ行けるのは、

兵隊さんのおかげです。

お国のためにお国のためにきずついた

兵隊さんのおかげです――

四番まである「兵隊さんよありがとう」の歌を歌って校門の前に来ると、班長さんの「歩調をとれ」の号令で、歌を止めて歩調を合わせて校門をくぐり、奉安殿の前へ行くと「礼」の号令で最敬礼をして、それから教室に入るのです。

藤宮家では、すえ子の入学祝いはありませんでした。入学式にはおばあさんが来てくれましたが、藤宮家にはすえ子の入学よりおめでたいことが二つもあったからです。

三月には二番目の竹子姉さんが、松子姉さんにつづいて大分ではいちばんむずかしいという第一高等女学校の入学試験に合格したし、すえ子の入学式の日に、二人目の男の子が誕生したのです。

五人目の女の子トメちゃんの五年後に生まれたのが男の子だったので家中が大喜びしましたが、もっとも喜んだのはお父さんでした。

お父さんは近所や知り合いの人からお祝いを言われると

「これでようやくお国にご奉公ができます」とこたえて頭を下げました。

そして次の年の春にはお兄ちゃんが大分の高等商業専門学校に合格し、お兄ちゃんは藤宮家の跡取りだったので、親戚の人も喜んでくれました。

しかし、すえ子が生まれた年に日本は朝鮮や中国を攻めて満州国をつくって東南アジアに進出し、すえ子が四才の昭和十六年には、アメリカも侵略しようとして太平洋戦争が始まり、多くの将兵が戦死して兵隊が足りなくなったので、大学生や専門学校の生徒も召集されて戦地へ送られることになったのです。

そのためすえ子が二年生の冬、高商の二年生のお兄ちゃんにも召集令状が来ました。召集令状は赤紙に印刷されていたので「アカガミ」とよばれていましたが、お兄ちゃんはその時数えの十七才でした。

すえ子が生まれた時、お兄ちゃんは「また女か」と言ってカバンを投げたのですが、藤宮家の跡取り息子だったので、お母さんは特に気を使って風邪をひくと人力車で学校に行かせたり、お弁当の時間に温かい牛乳を届けたりしていました。

だからお父さんもお母さんもがっかりしました。

「まだ数えの十七才だというのに兵隊にとられるなんて」

とお母さんがぼやくと、

「もしも戦死すれば二才の義文を跡取りにせねばならん。それでは店はつづくまい。藤宮商店もおしまいか……」

お父さんもそう言って首を振ります。

そしておばあさんも、ぶかぶかの軍服を着たお兄ちゃんを見て、

「かわいそうに。元気で戻っておいで」

と言って鼻をすすりました。

すえ子は心の中で「わたしが男ならよかったのに……」と神さまに抗議しましたが、どんなに嘆いてもお国が決めたことだから、仕方がありません。

翌日、お母さんは千人の敵を防ぐという「千人針」の用意をしました。

千人針は敵の弾よけのおまじないです。木綿の手ぬぐいに千個の糸玉をつくって腰に巻くと弾に当たらないというので、近所の人や通りがかった人に頼んで年の数だけ糸玉をつくってもらうのです。

お母さんは隣保班の女性に頼んで千人針を完成させると、出征するお兄ちゃんの腰に巻きつけ、お父さんは藤宮家に伝わる宝刀を持たせて、お兄ちゃんは家族や友人や近所の人に見送られて出征しました。

お兄ちゃんが送られた戦地は九州の最南端の薩摩半島の知覧《ちらん》という処でした。

知覧は薩摩の小京都と呼ばれて武家屋敷が残る古い町でしたが、そのころ知覧には陸軍の特別攻撃隊の飛行場が造られていたのです。特別攻撃隊はアメリカの軍艦や飛行機に体当りをする部隊で、一度飛び立ったら帰ってくることはなく、「特攻隊」の名前で知られていました。

すえ子のお兄ちゃんは学徒動員という予備兵でしたが、知覧は本土決戦になった場合アメリカ軍がいちばんに上陸する場所と言われていたので、それを防ぐための作業をさせられるということでした。

すえ子たち五人姉妹は、せっせと慰問袋をつくって送りました。

三人のお姉さんはお守袋や、えり巻きや手袋など手づくりのものを慰問袋に入れましたが、すえ子は家の事や近所の事や学校のニュースを書いた手紙を入れました。その手紙には最後に「私は女の子でお兄ちゃんの弟になれなくて、くやしいです」とつけ加えました。

戦争は日に日に激しさを増し、昭和二十年になると、大分にもアメリカの飛行機がやって来て爆弾を落とすようになりました。大分川の東に航空隊があったからです。

市役所から家に防空壕を造るようにという通達が出されたので、すえ子の家では荷造場の床下に造り、空襲警報のサイレンが鳴ると、すえ子たちはお母さんにつくってもらった防空頭巾をかぶって防空壕に入り、敵機が去るのを待ちました。

だけど二度目の空襲の後に市役所から、――女子供は田舎に疎開を――という通達が出たので、すえ子とトメちゃんは、おばあさんと三人でお父さんの田舎に疎開することになりました。

お父さんの実家は、大分市から五里ほど離れた大分郡竹中村の河原内《かわらうち》にありました。河原内は大分平野を流れる大野川の支流の河原内川に沿った村です。

河原内川は北の天面山《てんめんざん》の山並と南の丘陵の間を流れる谷川で、天面山の山すそに沿って県道が走り、南側の丘陵には集落がありました。

戦国時代、天面山には天面山城があったので南側の丘陵には家臣の集落があって、川上に向って高城、中原、大津、的場《まとば》、中野、中無礼《なかむれ》、徳ノ尾《とくのお》、八合《はちごう》、石塚、弓立《ゆだち》とつづいて、お父さんの実家は中ほどの的場にありました。

藤宮家の伝えによると、先祖は日本で最初のキリシタン大名大友宗麟の家臣でしたが、豊臣秀吉の朝鮮出兵に出陣した嫡男の義統が、敵前逃亡の罪で大友家は改易されて、藤宮家の先祖は武士の身分も所領も捨てて農民となって河原内の的場に移り住んだというのです。藤宮という姓は、捨てた所領の寺の藤柵にあやかった名前なので、農民になっても名乗りつづけたというのです。

河原内の的場に移り住むと藤宮家の先祖は田畑や山林を手中にして子孫が受け継ぎ、お父さんは明治三十年に藤宮家の長男として生まれますが、二才の時父親が日露戦争で負傷して亡くなり、叔父さんが父親になったのです。

二人目のお父さんは、酒飲みで勉強が好きで学校の先生になりたいと言うお父さんに「百姓になって、田畑や山の管理をするように」と言ったので、お父さんは高等小学校を卒業すると、親戚の陶磁器の問屋の小僧になり、商売を覚えて結婚すると金物卸問屋を開業します。

小売屋ではなく卸問屋にしたのは、小さな商売ではなく大きな商売をするためでした。

ところが落しても割れないアルミの急須が大人気で、軽くて長もちのする金物の鍋や釜や、洗っても色が落ちない弁当箱が評判をよんで商売は繁盛し、十年もたたないうちに九州で二番目の大金物店になりました。

それで二人の妹が嫁に行き、二番目の夫と死別して一人になっていたおばあさんを大分に迎え、河原内の実家や山や田畑は分家の千早さんに預けていたのです。

たんすや長持といっしょに、すえ子たちを乗せたトラックが的場にさしかかった時、おばさんが腰をうかせて声をあげました。

「ごらんよ、あれが藤宮家の土蔵じゃよ。白壁の橘《たちばな》の家紋が見えるじゃろ」

おばさんの指先の遠くに丸に橘の家紋を描いた土蔵の白壁がありました。

お父さんの実家は瓦葺きの二階家で南側の門の両脇に農作業のための納屋があり、門と母屋の間には壺庭があって西側に花壇、そして東側にはお風呂場と便所がありました。

留守居をしていた千早さんの家族は、千早さん夫婦とお母さんと四人の女の子の七人家族でした。

四人の女の子はすえ子より一才年上のせっちゃん、すえ子と同級生のナミちゃん、二才年下の令子ちゃんとその下の京子ちゃんでした。

お母さんたちが疎開してくるまで、すえ子とトメちゃんとおばあさんの三人は千早さんの家のお客さんになりましたが、五月にお母さんが、次男と三男と梅子姉さんの四人で疎開してくると、千早さん一家は下屋敷の千早さんの家に帰って行きました。

こうして藤宮家の田舎暮しが始まりましたが、知覧のお兄ちゃんからは便りがなく、日に日に戦争は激しくなっていきました。

# 幾馬《いくま》さんの遠吠《とおぼ》え

すえ子の家は留守居の千早さんから田んぼも畑も半分返してもらって、家族が食べるお米や野菜をつくることになりました。

お母さんの実家は農家でしたが、家族は農業をせずに作男を雇って作物をつくり、子どもたちは女学校や中学校に通わせていたので、お母さんは野菜作りも田植えもしたことがありません。それに野菜だけはおばあさんがつくりましたが、おばあさんも老齢で田植えは無理でした。

そんなお母さんに田植えを教えてくれたのは、道を挟んで南側に住む村上幾馬さんとチサトさんの夫婦でした。幾馬さんはお父さんより十才年上で、炭焼きの名人として知られていました。

「炭はくぬぎが一番よ」という幾馬さんは、共同墓地の上のくぬぎ山に炭竈《すみがま》を持っていて、幾馬さんの家からは、立ちのぼる炭竈の煙が見えました。

「竈に火を入れて、白い煙が青い煙に変わった時、火を止めるのが炭の良し悪しを決めるコツよ」

幾馬さんはそう言って、朝でも昼でも夜中でも、煙の色が変わるとチサトさんとくぬぎ山に駆けつけます。だから焼き上った炭は上等で、丸太のまんまの炭を打ち合わせると、「キーン」という軽い音がひびきました。

幾馬さんは河原内はもちろん、竹中村でも一番の炭焼名人として知られていましたが、的場では村一番の変人として恐れられてもいたのです。目玉が大きくあごが張り、ぶ厚い唇はガマ蛙に似ていてお酒が入ると赤鬼の形相になるので、近所の人は恐れをなして寄りつきませんでした。けれど妻のチサトさんは色白の細面で、笑顔がやさしく、近所づきあいも上手で、藤宮家のことはなにかと世話をしてくれました。

　幾馬さんとチサトさん夫婦には、二人の男の子と三人の女の子がいたのですが、二人の男の子は結婚後、兵隊にとられて、長男の嫁さんは三才と一才の一男一女の孫をつれて、次男の嫁さんは一才の男の子をつれて幾馬さんの家に疎開していました。そして長女のユキエさんは、病気で寝ていましたが、次女の花ちゃんは六年生で、三女の久ちゃんは一年生でした。

　すえ子がナミちゃんに連れられて、最初に遊びに行ったのは幾馬さんの家でしたが、出かける時にナミちゃんのお母さんが小声で、

「ユキエさんは肺病やから椋《ムク》の木の庭へは行ったらいけんよ」と言ったのです。

　ユキエさんは高等小学校を卒業すると動員されて兵隊さんの軍服の服地を織る製糸工場に送り込まれ、工場の汚い空気を吸って結核になって帰され、椋の木の庭に面した座敷に寝ていたのです。

　そのころ結核は肺病と呼ばれ、不治の伝染病として怖がられていたので、ナミちゃんのお母さんは

行かないようにと注意したのですが、そう言われると行きたくなるのが子どもです。椋の木の庭には冷たい水が涌く井ノ子があったので
「水飲みに行こう」

とナミちゃんに誘われてついて行くと、椋の木が影を落した座敷の縁側の布団にユキエさんは寝ていて、すえ子を見るとナミちゃんにききました。

「義広さんの娘さん？」

「そう」

ナミちゃんがこたえると、ユキエさんは、手の平で口をおおって「ゴホン」「ゴホン」と咳をしました。

ユキエさんはチサトさんに似て細おもてのやさしい娘さんでしたが、一人で淋しそうだったので、すえ子は水飲みにかこつけて何度かユキエさんに会いに行きました。でもユキエさんはだんだんやせて激しく咳込むようになり、そのうちにふとんは座敷の中に入れられて、夏の初めには顔を見ることができなくなりました。

お母さんは幾馬さんの口利きで、ナミちゃんのお母さんや近所の人の手伝いでぶじに田植えを終えることができましたが、奇しくもその日、大分は大空襲を受けて、山の向うの空がひと晩中、赤く染まっていました。

そして翌日の夕方近く、家を焼かれて逃げまどったお父さんと女学生の松子姉さんと竹子姉さんが大分から五里の山道を越えて、命からがら逃げのびてきました。

「大分は全滅よ！」

開口一番にお父さんはそう言って首をふりました。

藤宮金物店の倉庫は爆弾でふっとび、藤宮家の山の木で普請をした店と総二階の住宅は焼夷弾で焼け落ちたと言ってお父さんは肩を落としました。

それから二カ月後の八月六日に広島、そして九日には長崎に原子爆弾が投下され、その後も敵機はやってきました。

それでも河原内は谷川に沿った山合いの村里だから防空壕もなく、敵機が来ると家の中に入るだけでよかったのです。

ところが十五日のお昼時、すえ子がナミちゃんたちと川で水あびをして家に帰ると、壺庭に近所の人たちが集まってすえ子の家のラジオ放送に耳を傾けているではありませんか。なにか大事が起ったらしいので、すえ子たちは納屋の前で、放送が終るのを待ちました。

「雑音が大きゅうてよう分からん」

放送が終るとお父さんがそう言って首を振ったので

「何が起ったのじゃろうか」と、近所の人は首を傾げて帰って行きました。

しかし翌日から敵機は来なくなり、数日後、ラジオ放送は天皇が敗戦を伝える玉音放送だった、ということが分りました。

「昭二は大丈夫だろうか」

敗戦を知ると、お父さんはお兄ちゃんの身を案じて眉をひそめました。敵はお兄ちゃんのいる知覧から上陸すると言われていたからです。

ところが月が変った九月の初めに、お兄ちゃんはひょっこり戻って来たのです。

庭先でお兄ちゃんを迎えたのは、花壇の手入れをして壺庭に降り立ったおばあさんでした。おばあさんはまっ黒に日焼けして汗にまみれたお兄ちゃんを見て、

「家にはお米はないけんね」

と言って首を振りました。

玉音放送が敗戦を伝えた翌日からお米の買出しが始まり、すえ子の家にも毎日何人かお米を求めてやって来たのです。

戦争が始まるとお米は配給になってみんな我慢していたのですが、戦争が終ると配給米では足りないので、着物や帯や時計などを持ってお米と交換して欲しいと言って来たのです。

でも藤宮家は九人家族で田植えはしても稲刈りはまだ先だったので、お米はお父さんの昔の友人から分けてもらっていたのでした。

それでおばあさんはお米の買い出しと思ったのですが「昭二です」と言ったので、ようやくお兄ちゃんだと気がつきました。

そこでおばあさんは母屋に向って叫びました。

「昭二が戻ってきたよー、昭二だよー」

その声をきいて、家の中から家族が飛び出してお兄ちゃんを囲みました。

「よう戻った！」

お父さんがほほえむと、お母さんが汗とあかにまみれたお兄ちゃんに言いました。

「まずはお風呂で汗と汚れを落して、それから家にお入りなさい」

それでお兄ちゃんは壺庭の西側にあるお風呂場に行き、汗と汚れを落すとお母さんがお兄ちゃんのために縫っておいたユカタを着て、母屋に入ってきました。

お兄ちゃんがお風呂に入ると、お母さんはおばあさんと相談をして、夕飯はおばあさんの手打ちうどんにしました。うどんは命を長く伸ばすと言って縁起がよいのだそうです。

お兄ちゃんの復員が伝わると、幾馬さんは河原内川で獲った大きな川蟹を二匹「お祝い」と言って届けてくれました。

幾馬さんは炭焼きの名人ですが、炭焼きをしない夏場は川の浅瀬に細長い竹簀を仕掛けて川蟹を獲るのです。

こちらも名人でその日の蟹は両手に載せるほどの大ものでした。

手打ちうどんと大きな川蟹で藤宮家はお兄ちゃんの復員を祝ったのですが、幾馬さんの二人の息子はなかなか戻って来ませんでした。

それで首を長くして待っていると、九月の終りに二つの白木の箱が届きました。白木の箱は骨箱で長男はフィリピン、次男は沖縄で戦死をしていて白木の箱の中には「戦死」と書いた紙が一枚入っていたのでした。

それでも二人の嫁さんは白木の箱を抱いて泣き、母親が泣くのを見て小さな孫たちも声をあげて泣きます。お母さんのチサトさんも妹の花ちゃんと久ちゃんも孫と一緒に抱き合って泣きました。

そして泣き疲れた嫁さんが、白木の箱を仏壇に並べると、

「酒を持って来い」

と幾馬さんがチサトさんに命じます。

チサトさんは帰って来た息子たちに飲ませるためにとっておいた祝い酒の一升びんを、戸棚から取り出して幾馬さんに渡します。

すると幾馬さんは一升びんの栓を抜いて、二つの白木の箱と側の小さな位牌にふりかけます。

小さな位牌はユキエさんの位牌です。ユキエさんは村にも敵機が来るようになってから亡くなりましたが、肺病だったのでお葬式は許されず、お坊さんにお経をあげてもらって、ひっそりと共同墓地

に葬ったのでした。

二つの骨箱と小さな位牌にお酒をかけると、幾馬さんは一升びんに口をつけてごくごく飲みます。

そして赤鬼の形相になると酒びんを抱いて立ち上り、ふらふら歩いて庭先に立つと、真向いの天面山に向って叫びます。

東条英機！

なんで戦争を始めた！

なんで始めてどうして負けた！

そこでお酒をあおって続けます。

天皇陛下、三人の子どもを返せ！

天皇は赤子と言うたけど、三人の子はわしの宝よ！

天皇陛下、子どもを返せ！

戦争中、国民は天皇の子どもとされて赤子とよばれ、国民は天皇を神と仰いで忠誠を尽くし、戦死した兵隊は「天皇陛下バンザイ」と叫んで死んだと教えられました。

でも戦争が終り、天皇が現人神から人間天皇になると、国民は赤子ではなくなり、「天皇陛下バンザイ」と叫んで死んだ二人の息子は白い木箱の中の一枚の紙切れになって返され、動員によって結核になったユキエさんは葬儀も許されず、誰にも気付かれないようにして葬られたのでした。

幾馬さんは、口惜しくて悲しくてたまりません。だからお酒を飲んでは天面山に向って叫ぶのです。

戦国時代、天面山にはお城があって殿さまが住んでいたのです。

その殿さまを東条英機と天皇陛下に見立てて幾馬さんは叫ぶのです。

幾馬さんの声は天面山にこだまして河原内川の流れに乗って、川下の集落に伝わりました。

幾馬さんの怒りの声は遠吠えとなって、霜が降りて炭焼きが始まるまで続きました。

## ナミちゃんの赤いべべ

竹中村の河原内に疎開したすえ子は、三年の一学期から河原内国民小学校に通うことになりました。学校は河原内川に沿って十三ある集落の中ほどの中無礼《なかむれ》にありました。

中無礼は的場の二つ川上にある集落で、学校へ行くにはお宮の下の河原内川にかけられた丸木橋を渡り天面山の山すそを走る県道を三十分ばかり歩かねばなりませんでした。

児童は男女別に列をつくって登校をすることになっていて、その時的場の女子は七人いました。一年生が久ちゃんとトメちゃん、二年生が太田弘子ちゃん、三年生がナミちゃんとすえ子で、四年生がせっちゃん。六年生の班長の花ちゃんが、一列に並んだ六人の先頭に立って学校へ行きました。

河原内の小学校は、各学年が一組ずつの小さな学校ですが、門を入ると運動場の奥の正面にコンクリートの小さな奉安殿があって、すえ子が転入した四月には、黒いモーニングに白手袋をはめた校長先生が奉安殿から教育勅語を取り出して、全校の児童にうやうやしく読んできかせました。

すえ子は学校が嫌いではなかったけれど、丸木橋がにがてでした。

丸木橋は樹皮がついた六、七本の細い丸太を筏《いかだ》に組んで川に架けた細い橋で、人が渡ると上下に揺れるのです。ナミちゃんたち的場の子は、それが面白くてぴょんぴょんはねて渡るけれど、すえ子とトメちゃんは怖くて、前の子につかまらないと渡れません。

そんな二人を見て班長の花ちゃんは言いました。

「靴では無理！」

そして学校から帰ると花ちゃんは二人にわらぞうりを編んでくれました。

村の子どものはき物はわらぞうりで、花ちゃんはぞうりづくりの名人だったので、花ちゃんのぞうりを履くと、すえ子もトメちゃんも、前の人につかまらずに渡れるようになりました。

河原内のすえ子には、丸木橋のほかに、もう一つ困ったことがありました。それはお弁当です。

国から――金物は鉄砲や大砲の弾にするから供出を――という通達が出て、すえ子の家は商品はもちろん台所で使っていた鍋釜からすえ子たちのお弁当箱や水筒まで、金物は全部供出したのです。そして鍋や釜は陶器にしてお弁当箱は塗り物にしました。

ところが漆《うるし》の臭いが鼻について、すえ子はお箸がつけられないのです。

それを見るとナミちゃんが

「これを食べて」

と言って、自分のお弁当と取りかえてくれたのです。

河原内には金物の供出の通達が届かなかったのか、ナミちゃんはアルミのお弁当箱だったし、ナミちゃんのお母さんがつくってくれたので中味は同じでした。

「ナミちゃんは食べられるの？」

すえ子が心配するとナミちゃんは笑って、言いました。

「そのお弁当箱は、あんたの家からもろうた物や、うちは食べられるけん、えんりょせんでいいよ」

そして、ナミちゃんはひと口食べてみせました。

千早さんが下屋敷に移るまで、二カ月間いっしょに暮したので、ナミちゃんはすえ子の案内人でもありました。

共同墓地の奥のアラコの山に野イチゴを摘みに行って、墓地の上のくぬぎ山にある幾馬さんの炭焼き竈を見せたり、松山に伝わる藤宮家の三カ所の墓地をたずねたほか、天面山の山城の跡に焼き米を拾いに行ったこともありました。

四百年前の豊後の国は、大友家の三十一代当主の大友宗麟が治めていて、天面山の山城は家臣が城主をつとめていましたが、豊後が薩摩の島津に攻められた時、城は焼け落ちたのです。

ところがお姫さまの羽根付き場の跡にはまだ焼き米が埋もれていて、その焼き米は胃ぐすりになると言い伝えられているのです。

「うちの父ちゃんは、胃が痛いというて、寝てるけん、焼き米を持って帰るわ」

ナミちゃんはそう言うと、大きなフキの葉に焼き米を集めました。

千早さんは大工さんで、すえ子の家が焼けるまでは倉庫の一室に住み込んで、町の大工仕事をしていました。だけど藤宮家が疎開してきて、留守居をしていた上屋敷から下屋敷の自分の家に移ると、胃が痛いと言って働かなくなったのです。

だからその日ナミちゃんがすえ子を天面山に案内したのは、焼き米を拾うためだったのかもしれません。焼き米を飲んで元気になって働いてもらいたいと思っていたのです。

下屋敷に移ってもナミちゃんはすえ子のいちばんの友達で、夏になると河原内川に誘って水浴びも教えてくれました。

学校では一学期は村の子どもが目立っていましたが、疎開の子どもが増えると、転入してきた子どもの方が元気になって、戦争が終って迎えた二学期の学芸会では、すえ子と別府から疎開して来た孝子ちゃんと、博多から来たいくよちゃんの三人で「日より傘」を踊ることになりました。

「日より傘」は長袖の着物を着て、絵日傘をくるくるまわしながら踊るあでやかな踊りです。

すえ子はお母さんが疎開させておいたお正月の着物を着て踊りました。

着物は三人のお姉さんのおさがりでしたが、黒地に描かれた花柄が美しく、先生が用意した絵日傘とよく似合い、学芸会を見に来たお母さんたちに「踊りも上手だったし、着物もきれいだった」とほめられました。でもいちばん感じ入ったのはナミちゃんでした。

当日は舞台のある講堂が狭いので、児童は午前中に、そして午後は父兄が見ることになっていました。ところが、午後の部を終えてすえ子たち三人が校門を出た時、少し先を駆けて帰るナミちゃんの後ろ姿が見えました。ナミちゃんは父兄にまじって午後もすえ子たちの踊りを見ていたのです。

翌日は学校が休みだったので、すえ子はナミちゃんを誘おうとして下屋敷へ行き、壺庭から声をかけようとすると、家の中から絵日傘の鼻唄がきこえてきました。ナミちゃんの声だったので、すえ子が戸のすき間からのぞくと、奥座敷でお母さんの長襦袢を羽織ったナミちゃんがハタキを絵日傘にして踊っていました。

戦争がなくて、すえ子たちが疎開して来なかったら、ナミちゃんたち村の子が踊っていたにちがいありません。すえ子はナミちゃんに申しわけない気がして、だまって家に帰りました。

すえ子の家では、お兄ちゃんと松子姉さんと竹子姉さんの三人が大分の学校へ通っていたので、梅子姉さんが台所の手伝いをして、すえ子は三月に生まれた三男の義武のお守りが仕事でした。

その日、すえ子が義武のお守りをしていると、ナミちゃんが七月に生まれた孝一をおぶってやって来ました。

孝一は四人つづいた女の子の後に生まれた男の子でした。ナミちゃんのお父さんは病気と言って働かなかったので、お母さんが長女のせっちゃんと百姓仕事をして、家族を養っていたのです。

ところが大分行きのバスが県道を走るようになると、千早さんはときどき起き出して出かけて行って、お酒を飲んで帰って来るようになりました。そして年が替わると、千早さんは厚化粧をして派手な着物を着た中年の女の人を連れて戻って来ました。

厚化粧の女の人は二晩泊って三日目にナミちゃんを連れて、千早さんに送られて帰って行きました。

ナミちゃんは女の人にもらった水玉の洋服を着ると、出かける前に上屋敷に来て、すえ子に言いました。

「うちは行橋《いくはし》に行くことになったの。行橋で踊り子になるの。踊り子になったら赤いべべ（着物）を着て帰ってくるわ。その前に手紙も書くけん待っていて」

それだけ言うとナミちゃんは下屋敷に戻り、厚化粧の女の人と千早さんに連れられて、県道のバス乗り場へと坂道を下って行きました。

すえ子は後を追いましたが、義武をおんぶしていたので、バス乗り場に着いた時、バスは出た後でした。

夜、すえ子がナミちゃんのことをお母さんに話すと

「行橋は下関に近いから置屋に売られないといいけど……」

と言って顔をくもらせました。

「ナミちゃんは踊り子になると言ってたけれど、置屋ってどんなとこ？」

すえ子がきくと、

「男の人の相手をする女の人を置く家よ。大人になったらわかるわ」

と言って、お母さんは首を振りました。

## みにくいあひるの女の子

戦争が終って迎えたお正月の三日におばあさんが亡くなりました。

その日すえ子は津野先生に招かれて先生の家に泊ったので、おばあさんの死目に会うことができませんでした。

おばあさんは年の暮に風邪をひいて寝ていたのですが、まさかすえ子がいない夜に亡くなるとは思

いませんでした。

すえ子は赤ちゃんの時からおばあさんとふとんを並べて寝ていたので、おばあさんはさびしかったにちがいありません。それを思うと涙がこみ上げましたが、どうすることもできませんでした。

そのころ河原内の弔いは土葬で、お葬式が終ると棺は共同墓地に運ばれましたが、葬列に子どもが並ぶことは出来ず、初七日の法要が終ってようやく、お墓参りが許されたのです。

アラコ山を切り取ってつくった共同墓地はさびしい処で、墓地へ行く人はいませんでしたが、すえ子は最期を看取ることができなかったので、おばあさんに謝りたくて、一人で墓地へ向いました。

ところが家を出て少し歩いたところで花ちゃんに出会いました。

「どこへ行くの？」

と花ちゃんがきくので、

「おばあちゃんのお墓」

とこたえると、

「ひとりで行ったら迷子になるわ」

と言って花ちゃんはすえ子の前に立って、共同墓地へつれて行ってくれました。

墓地の中ほどにつくられたばかりの土まんじゅうがありました。おばあさんのお墓です。花ちゃんがしゃがんで手を合わせたので、すえ子も並んで手を合わせ、心の中で「ごめんなさい」とあやまり

ました。そしてすえ子が立ちあがると花ちゃんは墓地のいちばん奥の小さな土まんじゅうへすえ子をさそって、

「これはユキエ姉ちゃんのお墓」

と言って手を合わせました。

ユキエさんには椋の木の庭で何度か会ったことがありますが、肺病だったので葬式もせず、幾馬さんが柩を背負って墓地のいちばん奥に隠すようにして葬ったのでした。

共同墓地はアラコの山蔭にあったので昼間も暗く、さびしい処でしたが、仏壇よりはおばあさんに近い気がして、すえ子はおばあさんが育てていた花壇のお花を持って、三年生が終るまでは何度も墓地へ出かけました。

しかし四年生になるとすえ子は学校でもらった国語の教科書を見て、悲しみを忘れました。

新しい教科書は、わらばん紙に黒い砂をまき散らしたようなザラ紙でしたが、新しい教科書には『みにくいあひるの子』という童話が紹介されていたからです。

すえ子は作者のアンデルセンが、デンマークの童話作家という説明を見て、驚きました。

戦時中の日本は、外国のものはすべて敵性と言って禁じられていたので、童話も「花咲じいさん」とか「桃太郎」という日本の童話や、地元に伝わる伝説やとんち話しか知りませんでした。

『みにくいあひるの子』ってどんなお話だろう？

すえ子は早く知りたくて、学校から帰ると二階に上る階段に腰かけて、読み始めました。

みにくいあひるの子とは、黄色いあひるの子の中にいた一羽の灰色のあひるの子のことで、黄色いあひるの兄弟にいじめられて家出をしますが、どこへ行ってもみにくいのでいじめられ、自殺しようと白鳥の湖に行きます。ところが水面に映った体の羽根はまっ白に変わっていて、湖で泳いでいた白鳥の仲間に迎えられるというお話です。

おばあさんが亡くなると、すえ子は兄弟にとけ込めず、ひとりぼっちの淋しさを感じていました。だから『みにくいあひるの子』のお話は身に染みて、しばらくは身動きが出来ませんでした。

するとその時から『みにくいあひるの子』はすえ子の心に住みついたのでした。

それから三日後の国語の時間にいくよちゃんが朗読をしました。

いくよちゃんは博多からの疎開者で朗読が上手だったので、すえ子たちが手をあげる前に先生が名指ししたのです。

「『みにくいあひるの子』は心に染みるお話だからいくよちゃんに読んでもらいましょう。いくよちゃんお願いします」

先生に指名されるといくよちゃんは「はい」と返事をして読み始めたのです。

いくよちゃんの声は細いのですが、ひとりぼっちのあひるの子がいじめられるところにくると声がふるえ、家出をして自殺の場所を探し始めたところで、いくよちゃんは泣き伏してしまいました。

「どうしましたか。つづけられますか」

先生が声をかけて、背中をさすると、いくよちゃんは涙をふいて立ち上り、最後まで読みつづけたのです。いくよちゃんが泣き伏したところは、すえ子も胸がつまって、涙がこみ上げたところでしたが、それはおばあさんが死んでひとりぼっちになっていたからです。

だから、いくよちゃんにも何か理由があるのかもしれないと思い、帰り道ですえ子はいくよちゃんにきいてみました。

「わたしはおじゃまっ子なの」

いくよちゃんは口唇をとがらせて言いました。

「どうしておじゃまっ子なの？」

とすえ子がたずねると、いくよちゃんは涙声でこたえました。

「この間わたしと弟の太《たい》ちゃんがハシカにかかって枕を並べて寝ていたら、お母ちゃんが往診に来た先生に、『どうかこの子だけは助けてください』と太ちゃんの頬を両手ではさんで頼んだの」

それでいくよちゃんが太ちゃんひとりを助けたい理由をきくと、お母さんは太ちゃんは男の子で家の跡取りだから、太ちゃんが死ぬとお家がつぶれるからとこたえたのです。

「わたしはおじゃまっ子やから、みにくいあひるの子を読むと声がふるえるの」

するといっしょに歩いていた孝子ちゃんも言いました。

「うちは弟と年子なの。それで弟が生まれると四国のおばあちゃんに預けられて、小学校に入る時、ようやく別府の両親の家に帰ることができたの。そしてお父さんの河原内の実家に疎開したけど、うちが四国にいる間に弟が生まれたから、また四国にやられるかわからんの。うちもおじゃまっ子よ」

それですえ子も言いました。

「うちは五人つづいた女の子の四番目で、生まれた時にお兄ちゃんがまた女の子かと言ってカバンを投げたし、翌年には年子の妹が生まれたのでおばあちゃんに育てられたから、はずれっ子のおばあちゃん子よ。そしておばあちゃんはお正月に亡くなったので、今はひとりぼっちのみにくいあひるの女の子なの」

そしてすえ子は行橋に行ったナミちゃんのことも話しました。

ナミちゃんからは手紙もなく、ナミちゃんの家では妹の令子ちゃんも姿を消していて、お父さんは働かないので、お母さんと長女のせっちゃんが働いて、一人息子の孝一を育てているのでした。

「女の子はみんなはずれっ子のおじゃまっ子よ」

いくよちゃんが口唇をとがらせたので、すえ子は言いました。

「わたしたちは、みにくいあひるの女の子よ。でもおばあちゃんは子どもはみんな神さまからさずかった宝物と言ったから、神さまにお願いすれば、白鳥になれるはず！」

「そうよ、神さまに白鳥になれるようにお願いしよう」

「そうしよう」

三人は手を合わせると目を閉じて、

「神さま、どうぞわたしたちを白鳥にしてください」とお祈りをしました。

すえ子はナミちゃんも白鳥になれるように祈りました。

そしてすえ子は心が冷えると、国語の教科書の「みにくいあひるの子」を読みました。

すると何度も何度も読むうちに、すえ子はこんなお話を書きたい、と思うようになりました。

まだまだ作文だってうまく書けないすえ子ですが、『みにくいあひるの子』はすえ子の心にともる小さな灯《ともしび》となったのでした。

## キリスト教と童話

すえ子は五年生の二学期に大分市に戻り、市立の小・中学校へ進み、昭和三十年に県立の上野ヶ丘高校を卒業して、東京の青山学院の女子短期大学に進学します。

そのころ大分の女の子は、高校を卒業するとお茶とお花と洋裁を習って、見合結婚をするのが普通でした。すえ子の家でも、長女の松子姉さんは結婚して、次女の竹子姉さんと三女の梅子姉さんは、お稽古をしながら見合の話を待っていたのです。

しかし童話作家を夢見るすえ子は東京へ行きたいと思っていました。大分には童話作家もいなかったし、サークルもありません。それですえ子は東京の大学に行かせて欲しいと頼みました。するとと短大ならいいだろうと進学が許されたのです。その時、両親には二人の弟を東京の大学に進学させたいという夢があり、東京には親戚も知人も居なかったので、すえ子に地盤造りをさせたいという思惑があったのです。

といっても、戦後十年目の上京は大変でした。九州の大分から東京までは、蒸気機関車で関門トンネルをくぐって二十五時間の長旅でしたし、まだ寝台車も二等車もなく、三等車の四人掛のボストンシートの座席も、半日並ばなければ買えない状態でした。

その上汽車は黒い煙を吐いて走り、社内には扇風機もなく、夏場は窓を開けて走ったので、東京に着いた時には黒粉をはたいたように真っ黒になっていました。

だけど一昼夜かけて辿り着いた東京は、目がくらむような大都会でした。みにくいあひるの女の子のすえ子には、白鳥の湖に見えました。

すえ子が入学した青山学院は渋谷の宮益坂の上にあって、洋館のチャペルの背後に初等部から大学までを備えた広大な学園で、十分ほど歩いた閑静な住宅地にすえ子の寮がありました。

青山学院は、明治七年（一八七四）にアメリカのメソジスト監督協会の宣教師が、麻布に女子小学校を開設して始まったミッションスクールでした。キリスト教の布教のために開校した学院なので敷地は信者の寄付によると言われ、学校も立派ですが、広い芝生の庭のある女子寮も清楚な佇《たたず》まいでした。

そして驚いたことには、寮生は子だくさんの家の娘が多く、すえ子と同じ七、八人兄弟の三女や四女が何人もいたのです。国策に従う小市民の娘たちだったのです。

寮の生活は朝の礼拝から始まり夕べの祈りで終りますが、日曜日には教会のミサに参加することが決りとされていて、学校でも二時限と三時限の間にチャペルで三十分の礼拝が行われ、授業でも「キリスト教学」が必修とされていました。

すえ子は初めて出会ったキリスト教にも驚嘆しました。

大分は戦国時代の国主の大友宗麟が初代のキリシタン大名だったので、市内にはカトリックとプロテスタントの教会があって、どちらも幼稚園を併設していましたが、藤宮家は先祖代々仏教徒だったので、キリスト教のことは全く知りませんでした。

それでキリスト教学の最初の授業で「人間はみな平等」という教えを聞いた時、すえ子の頭には「アンクル・トムの小屋」という黒人奴隷の小説が浮かんだのでした。

アンクル・トムだけではなく、アメリカの黒人の多くはキリスト教を信じています。だからすえ子はキリスト教は黒人救済のための宗教と思っていたのです。

ところがその日、キリスト教学の教授は言ったのです。

「日本は一夫多妻の国ですが、キリスト教は一夫一婦しか認めません」

すえ子はびっくりして質問しました。

「一夫一婦しか認めないということは、男女平等ということですか」

「その通りです。神の前では人間は男も女も大人も子どももみんな平等です」

教授は目を細めて、笑顔でこたえました。男尊女卑の日本では、夫が妾を持っても咎められませんが、キリスト教の国では罪になるのです。すえ子の出身地の大分では「女子《おなご》の言うことは聞けん」とか「女子はだまっちょれ」と言って、女性の発言は無視され、家族や親戚が集まった時も「男が上座で女は下座」と決っていました。それですえ子の家でも兄の次には弟の二男と三男が坐り、その後に五人姉妹が年の順に坐りました。

すえ子が「はずれっ子」と言われたのは戦時中のことですが、戦後の新憲法が男女同権を決めても男尊女卑はつづいていたのです。

すえ子は首を傾げました。

すると教授は笑顔で説明をしてくれました。

「人間は神の前ではみな平等ですが、神は人それぞれに役目と試練を与えられます。キリスト教の教えは愛と奉仕ですから、私たちは愛と奉仕をもって生きねばなりません。ただ生きるためにはさまざまな苦難に遭遇しますが、苦難は神に与えられた試練ですから耐え抜くことが信仰の証しです」

すえ子は男尊女卑に苦しめられながら、それが当り前と教えられて生きてきたので、男女平等を説くキリスト教に女性蔑視の縛りを解かれて、心の自由を得た思いがしました。

キリスト教との出会いにすえ子は感動し、感謝しましたが、東京にはもう一つすばらしい出会いが待っていました。

大分には居なかったけれど東京には童話作家がたくさん居て、坪田譲治の「びわの実学校」や石井桃子の「童話会」に山本和夫の「トナカイ村」などの同人誌があり、青山学院の女子短大にも「メールヘンサークル」という童話の創作グループがありました。

すえ子の心には『みにくいあひるの子』が住みついて童話作家に憧れていたので、メールヘンサークルに入会しました。

メールヘンサークルは女子短期大学の「文学概論」の講師をつとめる那須辰造先生が主宰していました。那須先生は東大の仏文を出た小説家で、戦後ひとり息子をぜんそくで亡くされたため、その子への追慕の情から児童文学へ転向して創作のかたわら世界の児童文学の翻訳を手がけておられました。

先生は入会したすえ子にやさしく、まず原稿用紙の書き方を教えてくださり、「子どもの善意を信じて心を書くように」と言われました。

那須先生は目黒のお宅に奥さまと二人で暮していて、サークルのメンバーを子どものように迎えてくださったので、すえ子は水を得た魚のように次々に童話を書きました。

でも先生はすえ子たちに言われました。

「よい作品を書こうと思うなら結婚をして子どもを産んで育てなさい。それでもほんとの作品は四十を過ぎないと生まれません」

そして「結婚は家同士の問題ではなく、本人同士の問題だよ」とつけ加えました。

今も結婚には見合と恋愛の二通りがありますが、すえ子たちが結婚した昭和三十年代の東京は、恋愛結婚、地方では見合結婚が主流でした。

藤宮家は見合結婚で、家柄は平民以上で穢多非人ではないこと。そして学歴は大卒で、職業は上場企業か公務員という条件がついていました。

すえ子はよい童話を書くために子どもを識りたくて、短大を卒業すると幼稚園の教員養成所に通い、免許をとって青山の幼稚園につとめ始めました。

するとお父さんは中学三年の次男の義文を東京の中学校へ転校させました。義文は大分県の学力テストで一番という秀才だったので、有名高校から有名大学へ進ませようと考えたのです。そして義文が高校に入学すると、小さな家を買って三男の義武も東京の中学に転校させました。

幼稚園につとめながら二人の受験生の世話をするのは大へんなので、短大を出て大分に帰っていたトメちゃんを呼んで四人で暮し始めました。そして義文が大学に入学すると、お父さんが東京へやって来ました。上の三人の姉が結婚してすえ子の番になったので、すえ子を連れ戻しに来たのです。

すえ子は帰る前に、那須先生に挨拶をして欲しいと頼みました。

お父さんは「お世話になった先生にはお礼を言うのが礼儀」と言って一緒に出かけました。お父さんはお礼と言ったけれど、大分に帰って結婚するようにすすめてもらおうと思っていたのです。

那須先生はお父さんが話す藤宮家の話を楽しそうに聞いていましたが、

「三人の娘を片付けたので、今度はこの子の番です」と言うと、先生ははっとしたように目を見開いて聞き返しました。

「大分では嫁入りさせることを片付けると言いますか？」

「はい。娘が嫁ぐと親はホッとするので片付いたと申します。娘が嫁に行かず後家になっては世間体が悪く、困るのです。見合の話があるうちに、早く嫁入りしてくれるのが親孝行ですし、本人も幸せなはずです」

お父さんが笑顔で正直に説明すると、那須先生は座布団をはずし、両手をついて言いました。

「ならばこの娘さんは東京に居させてください。私が責任をもってお預りします」

先生は、見合で道具のように片付けられるすえ子を、ふびんに思ったのです。

お父さんは驚いて頭をなでて言いました。

「お手をお上げください。この子はこちらに残しますので、どうぞよろしゅうお願いします」

お父さんは苦笑して、一人で大分へ帰って行きました。

すえ子には友達の紹介で何人かボーイフレンドができました。しかしすえ子が童話作家になりたいと言うとボーイフレンドは去って行きました。

東京でも当時の男性は——女は男に従うもの——という観念が強く、女が自立することは許せなかったのです。

そんな中で、高校の二年上級の小石次彦先輩だけは、逃げませんでした。

小石先輩は大学を出て、映画会社につとめていました。

すえ子は映画が大好きでした。中学の担任の杉田先生が、社会科だけでなく映画も教えてくださったし、すえ子の家の近くには映画館が三館もあって、名画を見ることが出来たからです。

当時は邦画も洋画もすばらしく、映画は人間探求をめざしていたので会社の人たちも如才なく、初めて撮影所へ行った時はびっくりしました。

電車を降りて小石先輩と撮影所へ通じた一本道を歩いていると、後ろから来たまっ赤な車が止ってドアを開き、運転手が笑顔で「どうぞ」と言ったのです。

「すみません」と言った小石先輩の後ろからすえ子も乗せてもらい、撮影所に着いてお礼を言ったのですが、その人は音楽担当の有名な作曲家だったので二度びっくりしました。

「ここは日本ではなく外国みたいね」とすえ子が言うと

「この道は撮影所に通じているので、歩いている人を乗せるのが社員のエチケットなんだよ」と次彦はさりげなくこたえます。

すえ子は東京のすばらしさを実感して、あらためて東京が大好きになりました。

小石先輩はプロデューサーの助手の製作担当者だったのでロケーションに出かけることが多く、会える日は電報で時間と場所を指定してきて、二人は短いデートを楽しんでいました。

ところがある日、すえ子の幼稚園に大分の母から見合の電話がかかって来ました。

「相手は東京に居るので二人で会うように」と言うのです。

すえ子が小石先輩に話すと「今度大分に帰った時結婚の申し込みをするので見合はしないで欲しい」とこたえます。

それで幼稚園の夏休みを待って、すえ子は小石先輩と一緒に大分へ帰り、次彦との結婚を持ち出しました。すると、藤宮家は大騒ぎになりました。

兄と三人の姉は結婚していましたが、みんな見合い結婚だったので、仲人が相手の家柄、学歴、職業を調べて話を持ってきましたが、すえ子の場合は、次彦の学歴と職業は分っても家柄は不明です。

お母さんはすぐに次彦の家の近くの親戚に行って、小石家の家柄を調べました。

そのころ小石家は田舎町で料亭を開いていたので、水商売がひっかかりました。

しかし次彦の母の実家の先祖が豊後の国主大友家の筆頭家老だったことが分り、両親の許しは下りました。

ただ兄弟の中には、水商売を嫌がる家もあったので、両親は次彦を招いて食事会を開いて兄弟の意見を開くことにしました。

その日は客間の床の間を背に両親、兄弟の夫婦が左右に分れて坐り、下座の中ほどに次彦とすえ子が坐って顔合わせの食事会が行われましたが、映画の話に花が咲いて反対意見はなく、なごやかに終ったので、翌春すえ子のお父さんが総代をつとめる春日大社で結婚式を挙げました。

私はその日、すえ子の哀称を両親に返し、小石房子になりました。


新婚旅行は長崎へ行き、上京して上司の家の挨拶を済ませて那須先生の家へ報告に行くと、先生はお父さんにしたように座布団をはずして次彦の前に手をついて、

「この子には一生書かせてやってください」と頼んでくれました。

しかしよい作品を書くためには、子どもを生んで育てなければなりません。それは大仕事でした。

私が懐妊すると次彦の母から「男の子を産んでください」という注文が届いたのです。そして実家の母からも「いとこの夏子さんは二人目も女の子だったので、『また女の子ですみません』と泣いて謝ったそうよ」という電話がかかってきました。小石の母も実家の母も第一子が男子だったし、四女の私ははずれっ子でくやしい思いをしたので「男の子を」と神さまに祈りました。

その願いが届いたのか、生まれた子は男の子でしたが、難産で生まれるのに三日もかかりました。陣痛が始まった時、病院へ送って来た次彦は「男の子を頼むよ」と言って帰ったきり一度も顔を見せず、男の子が生まれたことを電話で知ると、名前を持ってやって来ました。

「この名前は姓名判断もしている監督さんに今いただいた名前だよ。監督は一世代前に天下をとどろかせた名優で、監督にもらった名前をつければ元気に育つという評判だよ」

次彦は出産の苦痛も知らずに得意気に言うのです。

私はわが子がすくすく育つようにと、名前を用意していたのですが「有名な監督にもらった名前と言えば、いち目おかれる」という次彦の言い分を入れて、長男には名監督にいただいた名前をつけました。

ところがはずれっ子の私が口惜しい思いをしていたことを神さまはご存知だったとみえて、半年後、私はまた懐妊して翌年の七月に年子の男子を出産しました。次男は逆児《さかご》でしたが、ぶじに生まれると、次彦はまた監督に名前をお願いすると言います。

それで私は首をふりました。

「苦労したのは私ですから、今度は私が名前をつけます」

出産は命がけの大仕事ですから、私は譲りませんでした。

そうしてつけた次男の名前は好評で、近所の八百屋さんや幼稚園の先生や短大の友人から

「名前をいただきました」とお礼を言われたものです。

「結婚して子どもを生んで育てないとよい作品は書けない」

と那須先生は言われたけれども、結婚も出産も子育てもたいへんでした。

ことに息子二人は年子の男の子で、次彦はロケーションが多く家に居ないので、私は子育てに追われ、夜もパジャマを着て寝ることはありませんでした。

## さよならラッペチ

最初の持ち家は、二段ベッドのある八帖のダイニングと六帖の和室、それにお風呂とトイレがついた小さな家でした。

長男が生まれる前は都心のアパートに住んでいたのですが、懐妊してお腹が大きくなると、「子どもが生まれるなら出てください」と大家さんに言われたので大急ぎで探して、三多摩の畑の中に建っていた小さな建売り住宅を買ったのです。

その家に引っ越した翌月に長男は生まれ、翌年の夏に次男が生まれたので、子どもたちが遊び始めると家が狭くなり、隣りの畑を買ってダイニングの他に四部屋ある二階家を建てることにしました。

昔の人は「家を建てると死人が出る」と言ったそうですが、そのころは小さな家でも十時と十二時と三時の三回、大工さんのお茶出しをしなければならず、二才と三才の年子の男の子を育てながら三回のお茶出しは大へんで、大失敗をしたのです。

それは家の棟上げが終って内装が始まった春先のことでした。お湯が入ったやかんを持って玄関を出た時、バイクに乗った郵便屋さんが書留を届けに来て、エンジンをふかしたまま「ハンコをください」と言います。急いでいる様子なので、玄関先にやかんを置いてハンコを取って来て書留を受け取った時、表の道で「わっ」という長男の泣き声があがりました。

驚いて飛び出すと、長男がやかんとともに転んで、足に熱湯を浴びて泣いていました。
「どうしてやかんを持ったの！」と叱ると、「おてつだいをしようと思ったの」と言って長男は泣きます。急いでズボンをぬがせ、ぬれタオルで赤い部分を冷しながら自分の不注意をあやまりもせずに、医者につれて行きました。しかし熱湯を浴びた皮膚は赤くただれ、茶色に変色したやけどは足が伸びるとともに伸びて、目にする度に胸が痛みました。

やけどをした時、長男は三才でしたが、歩き始めた次男から目が離せず、長男は車輪がついた自転車でお使いのてつだいもしていました。辺りは農地で車はめったに通らなかったので、すえ子がバス通りの八百屋さんに電話で「バナナ二本とりんご二つとプリンとパン」の注文をすると、奥さんが品物を持って、道に待ちかまえていて、自転車のカゴに入れて「えらいねえ」と頭をなでてくれるのです。でも私に抱っこされている次男を見ると、長男は欲求不満が高じて、ハンガーストライキをすることもありました。

　私は年子の上だから乳の臭いのする母にべったりのトメちゃんを羨しく思うこともありましたが、私にはおばあさんがついていてくれたので、お母さんが妹べったりでも我慢できました。

「男の子、男の子」と言われて、男の子が二人も生まれたけれど、まわりに子守りを頼める人はおらず、孤軍奮闘の子育てはたいへんでした。

　それでも四才になると長男は近くの幼稚園に入園して、幼稚園の送迎が始まりました。

　幼稚園へは長男と次男を両手につないで行くのですが、長男が幼稚園の門をくぐって中に入ると、門の前に取り残された次男は声を上げて泣くのです。

　泣き声をききつけて先生が飛び出して来ます。

「どうしたの。さあいらっしゃい。お友だちが待っているわよ」

　先生は頭をなでてききます。

「幼稚園が嫌いなの？　それともお友だちがいないのかな？」

　それで私は首をふります。

「すみません。この子は、お兄ちゃんといっしょに幼稚園に行きたいと言って泣いているのです」

「そうだったの。この幼稚園にはひよこぐみはないから、四才になったらきてね。待ってるから」

　そう言って先生は笑顔で手をふりながら園庭に帰って行きます。

先生に頭をなでてもらってようやく泣きやんだ次男と手をつないで、二人で家に帰ります。すると少し歩いて次男は立ち止まり、涙のたまった目で空を見上げて言うのです。

「ママ。雲の先生がいらっしゃいってよんでいるんだね」

空を見ると、中ぐらいの雲のまわりにちぎれ雲が散らばっています。

「空にも雲の幼稚園があるんだね」

私がそう言うと次男は「そうだよ」とうなずいてうれしそうに涙顔で笑いました。

人間の幼稚園に入れなくても、次男は雲の子になって雲の幼稚園に入っているのです。空を見上げた目が熱くなります。那須先生が子育てをすすめたのは、子どもの無垢な心を知るためだったのだろうと思いました。

こうして次男が待望の幼稚園に入ると長男は小学校の一年生になり、さらに二年が過ぎて次男が一年生になると午前中に家事をすませて、子どもたちが学校から帰ってくるまで、自分の時間が持てるようになりました。

それで、ずっと気になっていたラッペチのお話を書くことにしました。

ラッペチは青山の幼稚園で出会った元気な男の子です。本名はラノード・コーイといって、お父さんがハワイ出身の軍人でお母さんは日本人です。ラッペチは仲よしの友だちに「あいの子、あいの子」とからかわれてあばれる、目の青い男の子でした。

戦後の日本は戦争で多くの若者が戦死したため、結婚適合期の娘や生活に苦しむ家の娘たちがアメリカ兵と結婚して、混血児がたくさん生まれました。ラッペチもそんな混血児の一人だったのです。

一年が終わるころラッペチはお父さんの実家のあるハワイへ帰って行ったのですが、いつかラッペチの話を書きたいと思っていたのです。

だから書き上げた作品は作家の登竜門と言われる、毎日小学生新聞の連載小説に応募しました。すると幸運にも入選したのです。

入選を喜んだのは那須先生で、先生は私をプロの作家にするためにプロの同人の「トナカイ村」に入会させました。

「トナカイ村」は詩人の山本和夫先生と少女小説と女性史の作家山本藤枝さんご夫妻が主宰するグループで、数人の会員はすでに本を出しているプロ作家でした。

那須先生が私の作品が毎日小学生新聞の連載小説に入選したと紹介したので、同人はみんな期待しました。

「何を書こうか」

考えあぐねたすえ、戦国時代にキリスト教の宣教師が建てた育児院で育てられたカヤノという少女の話を書きました。

青山学院でキリスト教に出会って感銘を受けたので、私は日本のキリスト教の歴史を調べて驚きました。

戦国時代の日本にキリスト教を伝えたのはフランシスコ・ザビエルですが、最初に入信した大名は豊後の二十一代目の国主大友宗麟だったのです。

宗麟は戦に勝つために、西洋のすすんだ武器・弾薬が欲しくてキリスト教の布教を容認します。すると宣教師がやって来て布教を始めるのです。

宣教師の一人ルイス・デ・アルメイダは神父ではなく修道士でしたが、彼は医者であり貿易商でもあったので、貿易の収益で府内に育児院を建てて捨て子を育て、二年後には育児院の隣りに西洋医学の病院を創設して百姓たちは無料で診療し、日本で初めてという西洋医学の外科手術を行って入院させたのでした。

私は日本人が捨てた子どもを育てる育児院に心を打たれて、宣教師が本国へ送った手紙や活動の記録としてルイス・フロイスが書いた『日本史』、大分合同新聞社発行の『大分県の歴史』などを参考にして育児院で育てられたカヤノという少女の物語を書きました。

そのころ日本にはキリスト教の学校はありましたが、キリシタンの少女の話を書いた人はいなかったので、「トナカイ村」の合評会で「育児院のカヤノ」の話は絶賛されたのです。しかし本にはなりませんでした。戦後もてはやされた創作童話は、そのころマンガに押されて衰退を始めていたのです。

「五年早かったら本になったのに！」

山本先生ご夫妻はそう言って慰めてくれましたが、時代の潮流には逆らえません。そして運悪く次彦がつとめる映画会社も斜陽になり、給料が遅れがちになりました。

それで私は幼児教育へ方向転換をして、十年つとめて幼稚園の園長になる道を選び、近くの幼稚園につとめ始めました。

ところが「泣きっ面に蜂」で、つとめ始めて二年目に次彦がダウンします。たばこの吸い過ぎでバージャー病という難病にとりつかれて入院をしたのです。

でもありがたいことに、映画はみんなが力を合わせてつくる総合芸術だったので、社員は家族的で、上司から同僚までみんなが病院へ見舞に来てくれました。

そんな中で作家の南原幹雄さんからは自宅に見舞の電話をいただきました。南原さんは作家になる前、製作部で次彦と机を並べていた同僚だったので、私が童話を書いていたこともご存知で、次彦の病状をたずねた後、

「今何を書いていますか」ときくのです。

それで私が「何も書いていません」とこたえると、「どうしてですか」と南原さん。

それで「書く場がないのです」とこたえると、「ならばぼくが紹介します」と言って、ポプラ社のH氏を紹介してくださり、H氏からは「子どもの伝記全集」に『聖徳太子』を書いてくださいという

電話をいただきました。

「名もない私が書いてもよいのですか」ときくと、「書いてください」とH氏は言われます。

それで私は幼稚園の夏休みを利用して奈良県の明日香に取材に行き、ひと月で書きあげました。

童話は衰退していても、編集者とつながれば本は出してもらえるのです。そのころの出版界は男社会で編集者と作家はお酒を飲みながら企画を練るのが普通だったので、主婦作家には手がとどきませんでした。

ところが『聖徳太子』は評判がよかったのか、その年の終りに南原さんから、「女性史」を書きませんかという電話をいただきました。

「女性史って大人ものですか」

恐る恐るたずねると、

「そうです」と南原さん。

私はまだ大人たちのものは書いたことがないのです。

それで「大人のものは自信がありません」と小声でこたえると、

「ぼくが半分書くから書きませんか」とやさしく誘ってくれます。

南原さんは小石家の内情をご存知だったので、次彦の回復と仕事復帰の心配をしてくださったのです。

私は幼稚園のつとめが三年目を迎え、幼児教育も面白くなっていましたが、書くことの魅力は捨てがたく、

「自信はありませんが、頑張りますので、よろしくご指導下さい」

と南原さんにお願いしました。

## 女性史と流人史

キリスト教は「人間は神の前ではみな同じ」と人間の平等を説いていますが、世界には男尊女卑の国が多く、国連は昭和五十年（一九七五）を「国際婦人年」と銘打って世界の婦人の地位向上をめざし、日本では女性史が書かれるようになりました。

明治維新まで日本の女性は仏教と儒教の「三従の教え」と「女は夫をもって天とす」という貝原益軒の「女大学」などによって、男に従うことを強いられてきました。しかし明治維新で外国へ行った福沢諭吉は「学問のススメ」に――天は人の上に人をつくらず、人の下に人をつくらずと言えり――と書き、――この世に生まれたる者は、男も人なり女も人なり――と男女平等を説いて、女も男と同様に教育をと言って、義務教育の制度が設けられたのでした。

ところが明治新政府は、富国強兵、海外侵出をめざして「産めよ増やせよ」を合言葉に、女たちに

一人でも多くの兵隊を生み育てるよう強要して、軍国主義の道を歩み始めたのです。

日本は天照大神という女神から始まった皇国ですが、遣唐使が唐の封建的な王制を持ち帰ると唐の王制に倣《なら》って皇位は男系男子として女帝を禁じ、中世以降は皇室の守りとして登場した幕府が政権を執りました。明治維新で政権は朝廷に戻ったものの、女帝は容認されなかったので、日本の正史は男性史で、女性史が書かれることはありませんでした。

そのため国連の国際婦人年を契機に、日本の女性作家は立ち上がり、女性史を掘り起こすようになります。

こうして女性史ブームがおとずれると、百話シリーズを刊行していた立風書房も百話シリーズの一つに女性史を加えることにしました。

私は大人ものは初めてです。でもはずれっ子の私が男女平等を求めて女性史を書くことは、神に与えられた使命のように思われて、「自分には手にあまる仕事だけれど、やらせて欲しい」とあらためて南原さんにお願いしたのです。

「ならば上代から戦に関った百人の女性を書きましょう。ぼくが後半の五十人を書きますから、あなたは前半の五十人を書いてください」と南原さんは言われます。

「分りました」

私は南原さんの指示で、さっそく取りかかりました。そして、第一章は「華麗なる宮廷のヒロイン」と題して、卑弥呼から、藤原薬子まで十人を取り上げ、第二章は「源平のヒロイン」、第三章は「戦国武将をめぐるヒロインたち」と題して、前半の五十人を選んだ時、南原さんから電話がかかってきました。

「ぼくは小説の仕事があるので、最後まで百人書いて下さい。書き上げたら見てあげます」

こうして私は、一冊を任されたのでした。

私は幼稚園につとめながらの執筆です。それに初めての大人ものです。

「書けるかな？」という不安はありますが、杏として本にならなかった童話のことを思えば、どんなに苦労をしても、本になるという希望があるのです。

とはいっても一人や二人ではなく百人です。まだパソコンもない時代ですから、史料集めが大へんでした。

幼稚園の帰りに図書館に寄って史料を集め、夕飯の材料の買い物をして帰り子どもたちと夕飯をすませて、十二時まで机に向かうという日が二年つづきました。

そして書き上げた原稿を南原さんに見ていただいて、『人物日本の女性史100話』という私の女性史の本が上梓されたのでした。

初めから終りまで南原先生のお世話になった本だから、監督者は南原さんにお願いしようと思っていたのですが、立風書房の下野博《かばた》社長は「『人物日本の女性史100話』は女性史だから、女性の方がよい」と言って、トナカイ村の山本藤枝先生を指名されました。藤枝先生はその時、集英社から「日本の女性史」のシリーズを出版されていたし、下野社長の旧知の作家でもあったのです。

南原さんに申し訳なく思ったのですが、南原さんは雑誌の編集者に紹介してくださったので、歴史の雑誌社から原稿の注文が入るようになり、本を見て講演依頼も来るようになりました。

最初の依頼は、日本で一番古いお城がある福井県丸岡町の老人大学からで「お市の系譜について」の講演でした。

この講演会では受講生から「伊賀の親戚の家にお市の方ののど仏があるので行きませんか」と請われたのですが、その時は行けず、その話を『女たちの本能寺』という最初のドキュメンタリーに書いたところ、テレビ局の目にとまり、大騒ぎになりました。私の家にテレビ局が来たり、テレビ局に招かれたり。しかし伊賀の家は後継者が亡くなられて、テレビ局が空き家を調べても見つからず、「お市ののど仏」は不発に終りました。

そして二番目の講演依頼は、横浜のデパートからでした。こちらでは「日本の女性史」というテーマで、お話をしましたが、四十人の募集に百人を超す応募があって、抽選にはずれた二、三十人が押しかけてきて「椅子が足りないなら床に坐りますから」と言ったので、一週間後に二度目の講演会を開いて、その後はデパートの希望でカルチャー教室を設けて、女性史の講座をすることになりました。

ところが講座が始まって間もない日、雑誌の編集者から、「宇喜多秀家の妻の豪姫はマリヤというキリシタンだったと新聞に出ています。ご存知ですか」という電話がかかってきました。

豪姫の姉の麻阿姫が入信して、レジーナというキリシタンになったことは本に書きましたが、豪姫がキリシタンだったことは知りませんでした。

豪姫は加賀百万石の大名、前田利家の四女に生まれ、二才のころ秀吉の養女とされて、十四才になると秀吉の養嗣子とされていた岡山城主の宇喜多秀家と結婚します。しかし、秀家が関ケ原の合戦に敗れて二人の息子とともに八丈島に流されて、豪姫は実家前田家に返されて金沢で亡くなるのです。

そこまでは知っていたのですが、豪姫が入信していたことは知らなかったので、新聞記事を書いた木越邦子さんをたずねてお話を伺うことにしました。

木越さんは金沢カトリック教会のシスターで、木越さんの話によると「フロイスの日本史」とドロリゲス・シモン神父がローマに送った一六〇六年の年報に書かれていると言って、金沢の豪姫のことをくわしく教えてくれました。

金沢に戻った豪姫は西町の家に住むのですが、家が出来るまで七尾《なな お》の本行寺《ほんぎょうじ》に仮住居していて、亡くなると金沢市の浄土宗の大輪寺《だいりんじ》で葬儀が行われ、野田山の前田家の墓地に葬られたというのです。

私は木越さんにお礼を言って教会を出ると、西町に伝わる豪姫の旧宅を見て、大輪寺へ向いました。

大輪寺の本堂には、夫と二人の息子のぶじを祈ったという観音像の厨子《ずし》があって、その扉には流人船の船形の錠が下ろされています。八丈島へ向った流人船と島の暮しの安全を願った豪姫の心中が察せられました。

私はその後、大輪寺からタクシーで野田山の墓地をたずねました。

木越さんはクリスチャンだから「お墓の場所は分らない」と言いましたが、野田山は草ぼうぼうで雑草の合間にてんてんと墓石の頭が見えるような荒れ果てた状態でした。

「ここの墓地に入れば迷子になります。無理です」

タクシーの運転手さんに止められましたが、金沢は遠いので出直すことはむずかしく、私は運転手さんの制止をふり切って、墓地へ足を踏み入れました。

するとポツポツと雨が落ちてきて、私を案じた運転手さんが傘をさして追っかけて来ました。

「私は土地の者ですから一緒に探します。野田山の墓地は頂上に前田家の殿さまの墓があって、身分にしたがって墓地は下るので、こちらへ行ってみましょう」

運転手さんは私の先に立って、草の間の道を探し、頂上の草むらの中に建った前田利家、まつ夫妻の五輪塔を探し出したのです。

「これが加賀百万石の当主、利家とまつの墓です」

するとその後に、両親に隠れるようにして立つ五輪塔がありました。それは豪姫の墓石でした。豪姫はクリスチャンだけれど出戻りの娘として、両親に迎えられていたのです。

「ありがとうございました。豪姫に出会うことができました」

運転手さんに礼を言って、私は豪姫の五輪塔により添って立ってみました。

するとと遠い空の向うに夫と息子のいる八丈島の見える気がしました。

「鳥も通わぬ島と言われた八丈島で夫と子どもたちはぶじに暮しているだろうか……」

五輪塔の豪姫の心の声が聞えてきました。

私も二人の息子の母だから、豪姫の気持は他人事ではありません。

「八丈島へ行って調べてみよう」

東京に戻ると私は八丈島行きのツアーで八丈島へ出かけました。

しかし島に上陸して驚愕しました。秀家が流されると八丈島は流刑の島に指定されて、明治維新で流刑が廃止されるまで、千八百人もの流人たちが送られていて、その流人帖をまとめた『八丈島流人銘々伝』という本が刊行されていたのです。

八丈島で千八百人の流人に驚いて流人の歴史を調べると、なんと記録に残る流人の第一号は近親相姦の罪で四国に流された允恭天皇の皇女、軽大娘皇女《かるのおおいらつめのひめみこ》という女性ではありませんか。

そして流人史も女性史と同様、正史には書かれていないのです。

流人史が女性から始まっていることを知ると、そのまま通り過ぎることが出来ず、流人史を書くことも神に与えられた使命のように思われて、八丈島から帰ると佐渡、隠岐、対馬、奄美大島、鬼界ヶ島、伊豆大島と、五年の歳月をかけて全国の島へ出かけて取材をしました。

しかし「女性が書いた本は売れません」とか「流人の本は売れません」と男性の編集者は相手にしてくれません。

ところが下野社長は「流人には興味があります」と言って山崎園子さんという女性の名編集者をつけてくださり、『流人100話』は女性史とともに百話シリーズの一冊として日の目を見たのです。

『流人100話』が出版されると、取材に協力してくださった『八丈島流人銘々伝』の著者の葛西重雄先生がダンボールいっぱいのフリージアを贈ってくださり、八丈島役場の方が『流人100話』はどこの家にも所蔵されて、島の愛読書になっておりますと伝えてくれました。

また横浜の教室で『流人100話』の話をすると、「取材先に連れて行って下さい」という声があがり、八丈島から始まった「流人の旅」は佐渡、隠岐、対馬、姫島、奄美大島、大島、金沢、五島、長崎などに及び、流人の島がなくなると、「歴史の旅」と名を改めて、女帝の取材で行った韓国の扶余《プヨ》や釜山《プサン》それから北海道、山形、近江八幡や、堺、京都、奈良、明日香など、旧跡や名城をたずねて「歴史の旅」は令和一年まで三十一回を数えました。その後は台風とコロナで中止になりましたが、平成の初めに始まった教室は令和五年の現在もまだつづいているのです。

第２章

# 歴史に埋もれた女たち

## 宗麟の妻

「歴史小説を書きませんか」

『流人100話』が本になると、私は立風書房の下野博《かばた》社長にすすめられました。

「大人の小説はまだ書いたことがありません」

私が正直にこたえると、

「あなたは大分出身だから大友宗麟《そうりん》を書いてみてはどうでしょう？」

下野社長は積極的です。

「書けるでしょうか」

自信がないので小声できくと、

「あれだけのものを書いたのだから大丈夫！」

と自信たっぷりの声で背中を押してくれます。

私はうれしくなって、

「では書いてみます。よろしくご指導下さい」

と会釈をすると、下野社長は「頑張って下さい」と励ましてくれました。

大友宗麟は豊後の国守大友家の二十一代当主で、本名を義鎮《よししげ》と言い、宗麟は禅宗の法号です。宗麟はキリシタン大名の第一号として有名ですが、キリシタンになったのは四十九才の時で、クリスチャンネームをドン・フランシスコと言い、九年後に五十八才で帰天します。義鎮の時代が三十四年で、宗麟の時代が十九年。そしてキリシタンの時代が九年でした。

キリスト教は一神教だからキリシタン大名という時は、ドン・フランシスコと呼ぶのが正しいのです。

しかし大友家が九州六カ国の覇者になったのは宗麟の時代だったし、ドン・フランシスコの死後、禁教令でキリスト教は禁じられたので宗麟の方が通りがよく、キリシタン大名と言う時もドン・フランシスコではなく、宗麟の法号がつかわれるのです。

宗麟は戦国時代に西洋と交易をした日本で最初のキリシタン大名だったし、九州六カ国の覇者になった大名だったので、大分ではいまだに宗麟を超える偉人はいないのです。そのため小学校では校歌とともに宗麟をたたえる歌を歌っていました。

大分には「大分県史」や「フロイスの日本史」の他に豊後にやって来たキリスト教の宣教師が本国に送った手紙の翻訳本など、宗麟の史料は山ほどあります。だから多くの人が宗麟を書いています。

ところが宗麟との間に三男三女をもうけた正妻は、宣教師にイザベルと呼ばれた悪妻という記述しかありません。

イザベルとは、旧約聖書に登場するイスラエル王アハブの王妃で、異教神を信じて預言者を追放した女性です。つまりキリスト教に敵対した悪女というわけです。

ならば六人も子どもを産みながら、宗麟の妻はどうして敵対したのか。どんな女性だったのか。悪女の真相を書くということは、宗麟の知られざる反面を描くことになるのではないだろうか。私は女性史をめざしているので宗麟ではなく、宗麟の妻を書くことにして調べ始めました。

宗麟の妻は奈多八幡宮の大宮司、奈多鑑基《なだあきもと》の娘として生まれています。

奈多八幡は宇佐八幡の分霊を祀る社で、今も杵築市の奈多海岸に神社はあります。

父の鑑基は勇猛果敢な宮司で、神地と神領合わせて二万六千石を領有し、社から半里の丘陵に城を築いて神兵を養い、周囲三カ所に支城を構えるという大友家の重臣でした。

鑑基の娘は一度大友家の家臣に嫁いで一女をもうけますが、夫と死別したため一女とともに実家に帰されます。

宗麟は義鎮といった二十一才の時に「二階くずれ」という大友家の内紛で、義鎮を廃嫡にしようとした父や義母や兄妹を成敗します。そして二十一代当主になって、奈多鑑基の出戻りの娘を娶るのです。娘の本名は不明で史料にはつぼねと書かれています。

ところがつぼねが嫁いだ年に、別府湾に南蛮船（ポルトガル船）がやって来ます。南蛮船の船員はみなキリシタンだったので、ザビエル神父にざん悔をするためだったのです。

その時ザビエル神父は山口に滞在していたのですが、瀬戸内海は海賊が多いので、別府湾に入って義鎮に山口からザビエル神父を招く許しを願ったのでした。

そして許しを得てザビエルを迎えると南蛮船は六十四発の礼砲を発射し、翌日ザビエルは楽隊を先頭にして義鎮を訪ね、キリスト教の布教の許しを願ったのでした。

義鎮は南蛮船の礼砲に驚いて南蛮の武器弾薬を所望すると、布教を許せば入手出来ると言われて布教を許します。そして入手した鉄砲をまず将軍の足利義輝に献上して、将軍家とよしみを結んだのです。

義鎮が布教を許すと、四年後にやって来た宣教師のルイス・デ・アルメイダが府内に育児院を建てて、捨て子を育てます。すると千五百人のキリシタンが生まれ、二年後、アルメイダは育児院の隣りに病院を建てて外科手術を行い、貧しい者を入院させると信者はさらに増えました。

義鎮とつぼねは夫婦仲が良く、義鎮が二十五才の時に長女、二十七才の時に次女、そして二十九才の時に長男の義統《よしむね》、さらにその四年後には次男親家《ちかいえ》が生まれます。

すると義鎮は、兄弟の家督争いを避けるために次男の親家を仏門に入れようと考え、翌年、まず義鎮自身が入門して、法号を宗麟と言いました。

その後三女が生まれ、三十八才の時に三男の親盛《ちかもり》が生まれました。

つぼねは先夫との間の一女をつれて嫁ぎましたが、連れ子の一女を加えた三男四女はみな元気に成長し、宗麟は四十四才の時、十三才の長男義統に家督をゆずり、大友館の上原城を義統に与えて自身は臼杵の丹生島に城を築きます。そして四十六才の時、十五才になった次男の親家を仏門に入れようとしますが、親家は仏門を嫌ってキリスト教の入信を望み、カブラル神父によって受洗し、ドン・セバスチャンというキリシタンになりました。

ところがキリスト教は一神教なので、入信すると親家は神仏を認めず、寺社の破壊を始めます。

そのため奈多八幡出身のつぼねのもとに、神官や僧侶から訴状が届き、つぼねは宗麟に訴えます。

しかし南蛮のすすんだ武器弾薬と西洋文明に魅せられた宗麟はつぼねの言い分をきき入れず、キリスト教を優遇しました。

そして天正五年一月に宗麟がポルトガルに頼んでおいた日本初の石火矢《いしびや》（大砲）が肥後（熊本）の高瀬浦に届くと、宗麟はその大砲を「国くずし」と命名します。すると家臣はこぞって入信し、侍女たちも信者になります。それでつぼねは侍女の入信を禁じ、キリシタンの侍女を追放しました。

本州では、翌年織田信長が安土城を建立して天下統一を押しすすめますが、九州では一月に大友家の二十二代当主義統が、日向《ひゅうが》の土持氏を討伐して日向半国を領有します。

しかし娘婿の許嫁《いいなずけ》の田原親虎《ちかとら》の入信をめぐって豊後の仏門とキリシタンの抗争が始まると、宗麟とつぼねの折り合いが悪くなり、宗麟は臼杵城を出て五味浦《ごみうら》の別邸に移り住み、つぼねの侍女頭をつとめていた親家の妻の母（丈母《じょうぼ》）と再婚します。

この時、宗麟は日向の務志賀《むしか》にキリシタン王国を築いて、マカオに滞在するポルトガル軍の支援で天下統一を、という野心を抱いていたのです。そのため再婚した妻と洗礼を受けて、宗麟はドン・フランシスコとなり、妻はジュリヤというキリシタンになりました。

キリスト教は一夫一婦を教え、離婚は許さないのですが、フロイスは「前の結婚は仮の結婚として、ジュリヤとの結婚を認めた」と書いているのです。

再婚した侍女頭はつぼねの姉とも、宗麟の家臣の出戻りの娘とも言われて、出自には二説ありますが、つぼねが信頼していた侍女頭でした。だからつぼねの衝撃は大きく自殺をはかります。

自殺は未遂に終り、ドン・フランシスコとジュリヤは十月に日向へ向います。二人は船路を辿りますが、陸路を日向へ向った大友軍は、道筋に建つ寺を僧侶に破壊させ、経文や仏像は焼き捨てて、兵士はその上を踏みしだいて日向へ行ったと伝えられます。

しかし薩摩の島津氏が北上を始めて十一月に耳川《みみかわ》の戦いで大友軍は大敗を喫し、マカオの援軍はやって来ず、ドン・フランシスコは十字架を担いで豊後へ逃げ帰ります。

二年後の天正八年の秋、キリスト教の巡察師バリニャーノが臼杵にやって来て、臼杵にノビシャド（修練所）、府内にコレジオ（学校）を設立して、臼杵には花時計のある新しい会堂を建立します。そして翌年一月二十八日にバリニャーノは天正の少年使節を伴って長崎を出発しますが、少年使節団のリーダーは、宗麟の甥の伊藤マンショがつとめました。

その年五十三才になったドン・フランシスコはジュリヤが懐妊したので、津久見の館に住むようになり、ジュリヤは津久見で二人の女の子を生みます。

しかしその間、島津は北上をつづけ、対応に苦慮したドン・フランシスコは、天正十四年の三月に法衣《ほうい》をまとい宗麟と号して上阪し、豊臣秀吉に島津討伐を要請します。

秀吉は宗麟の要請を受け入れたのですが、十二月に大友氏の領国は島津に占領されます。

そんな中で臼杵城だけは落城を免れますが、城を守ったのは「国くずし」と、つぼねの尽力だと言われています。

つぼねは臼杵城に籠城した家臣と家族の世話をし、城中に流行した疫病に感染して病死します。

つぼねは宗麟の正室として六人の子を産みながら、離婚されて仮の妻と言われたけれど、城中の子女と避難民によって葬儀が行われ、臼杵の大橋寺《だいきょうじ》に葬られました。

一方、津久見に隠居した宗麟も九州征伐を終えた秀吉から日向が安堵されますが、宗麟は辞退して五月二十三日に津久見で帰天します。

フロイスの日本史にはドン・フランシスコが最期まで、「天国へ行けるよう祈って欲しい」と願いつづけたことが書かれています。

後継者の義統は豊後国が安堵されると、つぼねの死後四十日目にドン・コンスタンチーノというキリシタンになります。

しかし六月十九日に「伴天連追放令」が発せられると棄教し、五年後、文禄の役に出陣して敵前逃亡の罪で改易されて豊後は滅びます。

## 返された原稿

書き終えると「豊後の王妃イザベル」という題名をつけて、私は下野社長に送りました。「豊後の王妃イザベル」は、これまで誰も書かなかった宗麟と妻の真実を書いた、私の初めての歴史小説です。下野社長にすすめられて書いた本だから、すぐに本にしてもらえると期待していました。

ところが「これは本に出来ません」と言って返されてきたのです。

「どうしてですか。私は女性史を書いているので、妻を通して宗麟を書いたのですが……」

すると使いの編集者が言いました。

「社長はクリスチャンだから、宗麟の悪口を書いたものは本には出来ない、と言うのです」

「下野さんはクリスチャンですか。でも歴史の真実を書くのが、作家の使命だと思います」

私が憤然として言い返すと、

「私もそう思います。けれど社長の家には障碍児がいるので、「人間はみな同じ」、というキリスト教の教えに支えられて生きているのです。だからキリスト者の悪口は許せないのです」

使いの編集者はそう言って、原稿を置いて帰って行きました。

私も二人の子持ちですから、下野社長の苦しみは分ります。でも誰も書かなかった悪女の真実を書いた歴史小説の第一作だったので、頼りの下野社長に出鼻を挫かれては浮かぶ瀬がないのです。

私は原稿を抱きしめて泣きました。

原稿を書いている時、私は網膜剥離《もうまくはくり》という失明の恐れのある眼病を患ったので、次彦は会社の同僚の福田慶治さんを通して作品社の髙木有編集長を紹介してもらいました。

当時の出版社は男社会で、お酒を飲まない女性は相手にされません。それでも美人で独身なら、少しは声がかかりますが、家持ち子持ち旦那持ちの主婦は敬遠されます。

髙木編集長はその時河出書房新社から作品社に移ったばかりだったので、一年後にようやく会ってくださったのですが、

「ワープロで打たないと生原稿は読めません」と言って返されました。

それで私は店頭に出始めたばかりのワープロを買って、会社のアンサーを頼りに三年がかりで打ち上げて、ようやく本にしてもらえたのでした。

「たいへんお世話になりました」

次彦が準備したお礼の食事会で、私はていねいにお礼を言いました。

髙木編集長は三度も推敲をしてくださったし、大恩人の下野社長に断られた本だったので、生きた証が出来たと感謝しました。

するとと髙木編集長が思いがけないことを口にしたのです。

「次は何を書きますか」

「ええっ？」

私は聞き違いではと耳を疑い、それから小声でききき返しました。

「次を書いてもよいのですか」

すると髙木編集長は笑顔で言ったのです。

「あの本は評判がよくて図書館協会が八百冊も買い上げてくれましたよ。ぜひ次を書いて下さい」

「そうだったのですか。私はご迷惑をおかけしたのではないかとびくびくしていました」

「ぜひ次を書いて下さい」

編集長は重ねて言います。

「なら北政所を書かせて下さい」

まるで用意していたように、口から北政所の名前がとび出しました。

北政所は『人物日本の女性史100話』にも書きましたが、翌年のＮＨＫ大河ドラマが『秀吉』に決まり、私は雑誌社の注文で北政所を書いていたのです。

「来年の大河ドラマは秀吉ですから、早く書いて下さい」

高木編集長が笑顔で急かせます。

「分かりました。すぐに取りかかります」

私は胸の溜飲が下り、北政所についての執筆を頑張ろうと思いました。

『豊後の王妃イザベル』が発表されると新人物往来社の『歴史読本』の編集長の大出俊幸さんが発起人となって、東京の市ヶ谷の「アルカディア市ヶ谷」で出版記念会を開いてくれました。

発起人の中には大分県知事の平松さんも名前を連ねてくださったのですが、大分では「宗麟の悪口を書いた」と言われて不評でした。

でも私は歴史小説は歴史の真実を書いてこそ価値があると思っているので、「北政所」では悪評の挽回をしようと心に決めて取りかかったのでした。

## 秀吉の二人の妻

歴史家の多くが正室の北政所を賢夫人とたたえ、側室の淀殿を悪女ときめつけていますが、私は首を傾げます。なぜなら戦国武将の妻の第一のつとめは世継ぎを生むこと、そして第二のつとめがお家を守ることです。

ところが北政所は石女《うまずめ》で世継ぎは生めず、秀吉が秀頼を後継者として大坂城を与え、生母の淀殿を後見人にすると、北政所は西の丸を家康にゆずって出家します。そして家康に建ててもらった高台寺に秀吉の霊廟をつくり、伏見城から秀吉の遺構を移して正室の座を守り、大坂城の落城と豊臣家の滅亡を見とどけて生涯を閉じるのです。

秀頼の後見人となった淀殿は秀頼と共に豊臣家を守り、大坂城と共に亡びますが、どうして北政所が賢夫人で淀殿が悪女なのか、私は史実を曲げずに、真実を書くことにしました。

北政所は天文十七年（一五四八）に尾張国朝日村（現愛知県清須市）で、杉原定利《さだとし》と朝日の次女として生まれ、名前をお祢《ね》と言いました。兄弟には木下家定という兄と、姉のくま、妹のややがおりました。父と兄は信長に仕え、姉のくまは播磨（兵庫）の医者三折全友《さんせつぜんゆう》に嫁いでいて、お祢が十二才の時、父が戦死したため、お祢と妹のややは母の妹ふくの養女とされます。ふくの夫の浅野又右衛門は弓の名手で信長の足軽頭六人衆の一人でしたが、実子がいなかったのです。

又右衛門の養女になったお祢を最初に見初めたのは、尾張荒子城主の御曹司前田利家でした。でも利家にはまつという妻と二才の娘がいたので、藤吉郎にゆずります。藤吉郎は農家出身で信長のぞうりとりを七年つとめて、ようやく足軽長家が許されたので、妻を求めていたのです。

利家はお祢をゆずっただけでなく仲人もつとめますが、実母の朝日は反対します。お祢の姉は医者に嫁いでいるし、木下家も浅野家も武家だからお祢を足軽に嫁がせるわけにはゆかないと言うのです。

しかし養父の又右衛門が藤吉郎には見どころがあると言い、お祢自身が藤吉郎の嫁になりたいと言ったので、朝日は仕方なく許します。

こうして十四才のお祢は二十五才の藤吉郎と結婚するのですが、朝日はお祢の将来を気遣って、姓も家紋もない藤吉郎に、木下の姓と沢瀉《おもだか》の家紋を許すのです。

ところが養父の又右衛門の目に狂いはなく、十二年後の天正三年に藤吉郎は城持ちとなってお祢は城主夫人となります。

藤吉郎は「人かと思えば猿」と馬鹿にされますが、どんな仕事でも引き受けたので、「もめん藤吉」とよばれて出世したのです。

主君の信長は桶狭間の戦いで今川義元を亡ぼすと、三河の徳川家康と同盟を結んで背後の憂をなくします。そして尾張の小牧山に城を築き、美濃（岐阜）の斎藤義龍を亡ぼして京へ兵を進めます。

ところが、妹のお市を嫁がせて同盟を結んでいた小谷城主の浅井長政が越前の朝倉義景と共に敵対し、姉川の合戦で両者を亡ぼしてもっとも戦功のあった藤吉郎に、小谷城が与えられたのでした。

しかし小谷城は山城で不便だったので、藤吉郎は麓の琵琶湖の湖畔に城を移して長浜城と改め、自身の名前も木下藤吉郎から羽柴秀吉と改めます。木下は朝日から借りた姓だったので、織田家の重臣丹羽長秀と柴田勝家の名前にあやかって羽柴とし、藤吉郎は幼名を日吉と言ったので秀吉としたのです。

家紋もおもだかの代りに千成ひょうたんとし、一族の者を城下に招いて家臣として長浜城の表向きの用件はややの夫の浅野長政に任せ、奥向きのことは秀吉の女秘書の孝蔵主とお祢がつとめることになりました。

孝蔵主は近江の蒲生氏の家臣川副勝重《かわぞえかつしげ》の娘で、尼になってから秀吉に仕え、秀吉に信頼されて秀吉が辞世を託した女秘書でした。秀吉が没すると北政所に従い、大坂の陣では徳川家に庇護されて江戸城に移りますが、北政所の味方でした。

城持ちになった時、秀吉は妾妻と二人の子どもを持っていました。四才の男子は名前を石松丸秀勝と言い、その下に女の子がいたのです。

妾妻は二人の子どもと長浜城の南側の館に住んだので、南殿とよばれました。

南殿は姉川の合戦に勝利するために、京極家の懐柔をはかって抱えた妾妻だと秀吉は説明しましたが、お祢は二人の子どもに強い衝撃を受けました。

なぜならお祢は結婚して十二年も経つのに子どもに恵まれず、それは藤吉郎に子胤がないからだと朝日が言い、お祢もそうだと思っていたのです。しかし秀吉が二人の子をもうけたということは、お祢が子を生めぬ女だったということになります。

お祢は秀吉の二人の子に「石女」のレッテルを貼られましたが、苦労をして城主夫人になったのですから、正室の座を明け渡す気にはなれません。

ならどうすればよいのか、お袮は思案します。

武将の妻の第一のつとめは世継ぎを生むことで、第二のつとめはお家を守ることです。お袮は子どもは産めないけれど、お家を守ろうと考えます。そのために養子を育てようと思い、子だくさんの前田利家とまつ夫妻から、その年生まれた四女の豪姫を養女に迎えるのです。そして翌年秀吉の生母のなかを長浜城に迎えて、孝養を尽くします。

ところがその年の十月に秀吉の嫡男の石松丸秀勝が病死して、南殿は女の子を連れて城を去っていき、六年後の天正十年六月に本能寺の変で信長は明智光秀に討たれます。

秀吉は中国攻めの最中だったので、お袮は長浜城留守居役の兄木下家定と相談し、姑のなかを伊吹山中の大吉寺に避難させて、長浜城に押し寄せた明智方の軍勢からなかを守り抜きます。そして帰城した秀吉にほうびを問われると、お袮はその年に生まれた兄木下家定の三男秀秋を養子にと願い、離乳を待って三才から育てます。その時、羽柴家には秀勝の死後信長から与えられた養子がいましたが、お袮は自分の血筋を後継者にと考えたのです。

しかし、本城の大坂城を築くまでは戦時体制がつづきます。

本能寺の変の後、秀吉は大山崎の戦いで明智光秀を破り、翌天正十一年四月には、賤《しず》ケ岳《たけ》の合戦で柴田勝家を破ってお市の三人娘を養女とし、九月一日に大坂城の築城を始めます。

ところが翌年の四月には小牧・長久手の戦いが始まります。この戦いは信長の次男信雄《のぶかつ》との戦いですが、信雄が家康と同盟を結んでいたので秀吉と家康の戦いとなり、信雄が秀吉と和睦したため、家康は退却します。本能寺の変の後、遺領の配分でお祢たちは大山崎城に住みますが、天正十二年の八月八日に本城の大坂城に移ります。

そして翌十三年の三月に秀吉は正二位内大臣に叙任されて、七月十一日に従一位関白となり、正室のお祢は北政所、母のなかは大政所となります。秀吉は天下人、お祢は天下人の正室となり、さらに九月九日に秀吉は朝廷から豊臣の姓を下賜されました。

こうして大坂城は豊臣家の本城となって秀吉は十数人の側室を抱えますが、側室は勝ち戦で奪った人質だったので子を生ませることはなく、お祢は北政所とよばれて正室の座は安泰でした。

関白は天皇の補佐役なので、秀吉は翌年京都に聚楽第《じゅらくだい》を築いて、家康と同盟を結ぶために妹の旭を夫と離婚させて家康と再婚させます。

でも家康がなかなか挨拶に来ないので、母の大政所を人質として岡崎城に遣わし、家康が挨拶に来ると秀吉は翌十五年に九州征伐を終えて、大坂城から聚楽第に移り、豊臣家の本城の大坂城は北政所が守ります。

年が替わって十六年の四月、後陽成《ごようぜい》天皇の聚楽第行幸が行われ、この時七才の秀秋も行幸の席を許されますが、三年前に信長の養子の於次秀勝が十七才で病死していたので、世継ぎは秀秋と言われて北政所は安堵します。

ところが秀吉にも自分の血筋を世継ぎにという思いが強く、姉ともの次男を養子として秀勝を名乗らせます。そして農民出身の秀吉は信長の後継者になって出自を高めたいという思いがあったので、信長の姪の茶々を側室にして、鶴松という男子をもうけます。

しかし鶴松は三才で病没したため、秀吉は姉ともの長男の秀次を後継者として、信長の夢であった中国征伐を実現させようとして朝鮮出兵を始めます。

すると二年目の文禄二年に第二子の秀頼が生まれたために、養子の整理を始めます。

後継者の秀次は謀叛の疑いありとして高野山で切腹させ、遺族は六条河原で斬首し、秀秋は小早川家の養子として秀頼を豊臣家の世継ぎとしました。

こうして慶長三年の八月十八日に秀吉は死去しますが、十五日に病室に家康と利家と五奉行を招いて次のように言い遺すのです。

――秀吉の死後、お祢は伏見城に移り、大坂城には茶々と秀頼が入り、秀頼が十五才になるまで家康は伏見城に住み、北政所も伏見城に隠居いたせ。

北政所はこの時、母の朝日が大坂城で死の床についていて、秀吉の死の翌日に死去したので、秀吉の最期に立ち会うことが出来ず、十四日に孝蔵主から秀吉の遺言をきくと「大坂城はわらわと秀吉が築いた城なのに、どうして伏見城に隠居せねばならぬのか」と言って憤慨します。

それで孝蔵主は「秀頼も六才で乳離れもしているので、後見人は北政所に命じるべきだ」と抗議しますが、秀吉は聞き入れず淀殿を後見人にしたのでした。

この遺言をきいて北政所の気持は決まりました。大坂城も豊臣家も淀殿と秀頼に与えよう。だけど秀吉の正室の座だけは守り抜こうと心に誓ったのです。

翌慶長四年一月十日に伏見城で正月を過した秀頼が、淀殿に付き添われて大坂城に入ると北政所は伏見城へは行かず、本丸を明け渡して西の丸に移ります。その後、西の丸を家康にゆずって母朝日のために建立した康徳寺《こうとくじ》に入り、湖月尼《こげつに》という尼僧になります。

家康は前田利家が死去すると、利家の妻のまつを江戸の人質として前田家を味方にします。

そして会津戦争が起り、天下分け目の関ケ原の合戦に発展すると、豊臣方の西軍を破って天下を取るのです。

関ケ原の合戦でも北政所は家康に与し、養子の秀秋に寝返りを指示して東軍に勝利をもたらすのです。

関ケ原の合戦に勝利して征夷大将軍に任ぜられると、家康は豊臣家を配下に置くために、秀忠の長女の千姫と大坂城の城主秀頼の婚儀を行います。この時、家康は朝廷に願って北政所には高台院《こうだいいん》という院号が下賜されます。この院号は北政所の協力に対する家康の感謝のしるしでした。

そして翌年、家康は上洛の宿舎として二条城を築きますが、その竣工の宴《うたげ》に北政所を招待して、「康徳寺は朝日の寺だから高台院の寺を」と言って、東山の土地を与え、北政所の子飼の加藤清正や福島正則に人夫を出させて、高台寺を建立させたのです。

慶長十年十二月八日に高台寺が完成すると、北政所は、秀吉が伏見城に築いた傘亭や時雨亭《しぐれてい》など秀吉ゆかりの遺構を移築して、秀吉の菩提を弔うためにお霊屋《たまや》（霊廟）をつくり、秀吉の遺骸は豊国社に葬っていたので座像の厨子を飾り、康徳寺を高台寺の子院として、秀吉の正室の座を守ったのです。

そして九年後、大坂の陣が起ります。

関ケ原の敗戦で天下人から六十五万八千石の大名に転落した秀頼は、名誉回復のために、戦火で破損した寺社の修復を始め、秀吉が建立して地震で倒壊した方広寺の大仏殿の再建をするのですが、梵《ぼん》鐘《しょう》の銘に徳川方からクレームがついて、慶長十九年十月に冬の陣が起ります。そして翌年五月八日の夏の陣で、淀殿母子と側近三十人が山里曲輪《やまざとくるわ》で自害し、大坂城は落城して豊臣家は亡びます。

高台寺で大坂城の落城を聞くと、翌日北政所は二条城の家康の許に戦勝祝いに出かけますが、その日から残党狩りが始まって、十三日には秀頼の七才の遺児国松が六条河原で斬首されます。

北政所は全く動じませんが、七月九日に家康が豊国社の破却を命じると、「豊国社は自然崩壊にして欲しい」と願うのです。

豊国社は明治天皇によって再建され、今では北政所も祭神とされますが、江戸時代は崩壊されたままだったのです。北政所は石女で、大坂城西の丸を家康にゆずり、家康にいただいた高台寺で豊臣家の崩壊を見届けながら正室の座を守り、秀吉に死別して二十六年後の寛永元年（一六二四）に七十六才の生涯を閉じた女性でした。

一方の淀殿は、後継者秀頼の後見人として秀頼と共に豊臣家を守り、大坂城と共に亡びました。淀殿は側室ですが、悪女ではありません。

もしも秀吉が北政所を秀頼の後見人としていたら、豊臣家は徳川家の家臣になって後世に続いていたでしょう。

とすると悪いのは信長の後継者を望んだ秀吉と言えるでしょう。

北政所も淀殿も自分の意志で自分の人生を生き抜いた妻でした。戦国時代の女性は強かったのです。

私は秀吉と二人の妻を『花軍《はないくさ》』という歴史小説に書きました。

するとNHKから講演依頼が来て、野村ビルで「北政所、お祢の生涯」という講演をしましたが好評で、ラジオ第二放送で三回もアンコール放送されました。

## 禁じられた女帝

「女帝を書きませんか」

髙木編集長にそう言われたのは、『花軍』を上梓した直後のことでした。

「女性天皇はまだあまり書かれていないので、どうですか」と編集長は言われました。

でもすぐには返事が出来ませんでした。なぜなら私が小学生のころ、天皇は神さまと教えられ、教室の正面に天皇と皇后の写真が飾ってあって、朝「おはようございます」と挨拶をしてから授業が始まっていたのです。

ところが戦争が終ると天皇は人間とされ、それまで国の統率者だったのが国民の象徴とされて、教室の写真ははずされました。そして新憲法は男女同権を決めたのですが皇室典範は改定されず、天皇は男系男子とされて女帝は禁じられたままでした。天皇を国民の象徴と決めながら、女帝を容認しない理由は何か、私は疑問でした。

歴史を調べると、天皇家は天照大神という女神から始まり、飛鳥時代に遣唐使が持ち帰った中国の王制に倣《なら》って律令で女帝を禁じますが、奈良時代までは八人の女帝が登場し、その中の二人は重祚《ちょうそ》して二度皇位を占めているのです。

明治維新で海外へ出かけた福沢諭吉は『学問ノススメ』で――天は人の上に人をつくらず　人の下に人をつくらずと言えり――と言い――世に生まれたる者は男も人なり女も人なり――と身分と男女の平等を説いて、新政府の皇室典範制定の会議では、四度にわたって女帝は可とされたと伝えられます。

しかし明治政府は富国強兵と海外侵出をめざしていたので、女帝では国の統率はむずかしいという理由で、皇室典範は男系男子と決められたのです。

日本は第二次世界大戦に敗れて海外侵出に失敗し、昭和二十二年に新憲法が制定されますが、皇室典範は改訂されず、女性天皇は禁じられたままでした。

新憲法は男女同権を決めたのに男尊女卑はつづき、女帝が容認されれば、女性の地位は向上すると考え、そのためには十代にわたって皇位を占めた女帝の歴史を伝える必要があると思いました。

「ぜひ書かせて下さい」

私は髙木編集長に頼みましたが、日本の歴史学者は女帝の歴史を省略しているので、女帝の歴史を書くことは容易ではありませんでした。

日本の皇室は古代の朝鮮と関係が深く、女帝は百済《くだら》王朝を抜きにしては語れないのです。

ところが日本は昭和二十年の終戦の年まで、三十五年の長きにわたって朝鮮を植民地にしていたため、朝鮮蔑視が強く、歴史学者は右翼の攻撃を恐れて「よく分からない」と言って省略していました。

そんな中で右翼を恐れずに女帝を拾い上げる研究者が現われ始めていたので、私は十代八人の女帝の執筆に挑戦しようと考えたのです。

## 最初の女帝　第三十三代推古天皇

推古天皇は、第二十九代欽明天皇の皇女で、異母兄の敏達天皇に嫁いで、二男三女を生んだ皇后で、未亡人になってから、女性で初めての天皇になりました。

兄の用明天皇の後を継いだ崇峻《すしゅん》天皇が、大臣《おおおみ》の蘇我馬子《そがのうまこ》と対立して没したため、馬子の推挙で即位した最初の女性天皇でした。

蘇我馬子は推古女帝の伯父に当たり、馬子にすすめられて神童と言われた用明天皇の嫡男の厩戸皇子《うまやどのおうじ》を皇太子とします。

厩戸皇子は冠位十二階や、「和を以て貴しとなす」という十七条の憲法を制定し、朝鮮や中国の隋と関係を推しすすめて仏教を広めたので、聖徳太子と称えられます。

推古女帝は聖徳太子に長女を娶あわせて、政権を維持し、大臣の馬子とも上手に付き合い、馬子が「葛城県《かつらぎのあがた》は蘇我氏の本貫の地だから割譲を」と申し出ると、「大臣は私の伯父だからこれまでは何事も聞き入れて来たが、今この県を失ったら、後世の君主は初めての女帝は愚かだったと言うことでしょう。そして自分だけでなく大臣も不忠とされて後世に悪名を残すことになろう」と言って断ります。

推古は才色兼備で毅然とした存在感のある女帝ですが、推古には気になることがありました。それは嫡男の竹田皇子のことです。嫡男でありながら、竹田皇子は皇太子になれず、その生涯は伏せられていますが、推古は死の床で竹田皇子との合葬を遺言して母子は一つ墓に葬られるのです。

初代の女帝推古は子どもを案ずる、母帝でもあったのです。

私は子ども伝記全集に「聖徳太子」を書いたので、推古の取材ではまず甘樫丘《あまかし》に上って明日香盆地を囲む大和三山の耳成山《みみなしやま》・香具山《かぐやま》・畝傍山《うねびやま》を一望した後、蘇我氏の館跡や石舞台《いしぶたい》、それに飛鳥大仏などをたずね、当時の服飾を知るために、高松塚古墳を見学して、『暁の女帝推古』を上梓しました。

## 「二人目の女帝」第三十五代皇極《こうぎょく》天皇・第三十七代斉明《さいめい》天皇

日本の天皇には一人で二度皇位を占めた重祚《ちょうそ》の天皇が二人いますが、二人とも女帝です。ですから女帝は八人と少ないものの、皇位を十代占めていて、第三十五代の皇極天皇と第三十七代斉明天皇が最初の重祚の女帝です。

皇極天皇は第三十四代舒明《じょめい》天皇の皇后でした。舒明天皇は第三十代敏達《びだつ》天皇の長男で田村皇子《たむらのみこ》といい、推古天皇の後継者となるために聖徳太子の長男の山背大兄《やましろのおおえ》と皇位を争いますが、蘇我氏の支援で田村皇子が後継者とされて、推古天皇の田眼《ため》皇女を妃とします。

しかし子女は生まれず、もう一人の夫人蘇我馬子の娘法提郎女《ほていいらつめ》が、古人大兄皇子《ふるひとおうえのおうじ》を生みます。

そして田村皇子は三十才の時、一才年下の宝《たから》王女を継室に迎えて、間人皇女《はしひとのひめみこ》と大海人皇子《おおあまのおうじ》をもうけ、三十六才の時に即位して舒明《じょめい》天皇になったので、宝王女は皇后になりました。

舒明天皇は百済《くだら》や唐に強く魅かれ、即位して二年目に唐へ最初の遣唐使《けんとうし》を送ります。

そして舒明天皇は飛鳥岡本宮《あすかおかもとのみや》を宮居としますが、七年後に百済《くだら》川の辺《ほとり》（現桜井市吉備）に百済大宮と百済大寺を建立して、二年後に百済大寺で四十八才の生涯を閉じました。

舒明天皇は十三年在位しましたが、宝皇后は雨乞いをして雨を降らせ、「中皇命《なかつすめらみこと》」とよばれました。「中皇命」とは神と大王をとりもつ高貴な天皇のことで、皇子が若年のため皇極天皇になって雨乞いをして干ばつを救い、「至徳まします天皇」とたたえられて「巫女王《みこのおう》」とよばれました。

系譜には皇極天皇は舒明天皇の弟茅渟《ちぬ》王の娘で、茅渟王の母は百済の武王の妹だから武王の姪ということになりますが、雨乞いの術は道教の仁術《じんじゅつ》と言われますから、皇極女帝が中国に通じた百済の王女だったことは間違いないでしょう。ところが四年後、実子の葛城《かつらぎ》皇子（中大兄《なかのおおえ》）と中臣鎌足《なかとみのかまたり》が乙巳《いっし》の変で大臣蘇我入鹿《いるか》を討伐したため、皇極女帝は退位して弟が孝徳《こうとく》天皇になります。そして倭国《わこく》を中央集権国家にするために大化の改新を断行しますが、飛鳥遷都をめぐって中大兄皇子と対立して退位し、皇太子の願いで皇極天皇は重祚して斉明天皇になるのです。

斉明天皇はその時六十一才で七年間在位して飛鳥京をつくるのですが、飛鳥京が扶余《プヨ》京にそっくりというので私は韓国の扶余をめぐるツアーに参加しました。

すると扶余山を中心とした扶余京と、甘樫丘《あまかしのおか》を中心とした飛鳥京はよく似ていて、ツアーのバスガイドが「日本の飛鳥京は斉明天皇が扶余京を模したもので、それは斉明天皇が百済王の娘だったからです」とさらりと説明されたのには驚きました。

日本の歴史学者は「皇極・斉明女帝のことはよく分からない」と言うので、私は『日本書紀』を調べました。

『日本書紀』は斉明天皇の次男の天武天皇が国史として編さんした史書なので信用が出来ます。

すると『斉明記』の冒頭に――初め用明天皇の孫の高向王《たかむくのおおきみ》と婚《みやい》して漢皇子《あやのみこ》を生めり――という記述があるのです。

斉明天皇は最初高向王と結婚して漢皇子を産み、その後舒明天皇と再婚したという意味です。

漢皇子というのは漢人《あやひと》（漢民族）の血をひく皇子のことで、中国人や韓国人の高貴な血筋を言います。

高向王は用明天皇の孫だから、斉明天皇が漢人ということになります。

高向王は遣隋使や遣唐使として百済には縁が深く、当時の朝鮮半島は百済、新羅《しらぎ》、高句麗《こうくり》に加えて唐が勢力争いをくり返していました。

そのため百済は倭国にぞくぞくと王族を送り込み、折あらば植民地にしようと画策していた記録もあります。倭国は島国で、まだ国家としては認められていなかったのです。

それで武王《ぶおう》は娘を倭人の高向王に娶あわせて、中国や百済に心を寄せる田村皇子が後継者になることが決まると、高向王に理由を話して一男をもうけた宝王女を離婚させて、田村皇子と再婚させたのではないでしょうか。

高向王には後妻を迎えた記録はなく、舒明天皇が崩御すると皇極・斉明天皇を支えます。

皇極が重祚して斉明天皇になった時、「斉明記」の冒頭には、唐のスパイが視察にやって来るという記述があります。そして斉明天皇の六年目に新羅と唐の連合軍に攻められて百済は亡び、翌年、斉明天皇の許に救援の要請が届くのです。

すると斉明天皇は出兵を命じ、救援軍の先頭に立って九州へ下り、救援は中大兄皇子に任せて、朝《あさ》倉橘広庭宮《くらたちばなひろにわのみや》で死去します。享年六十八でした。

前夫の高向王は最後の遣唐使として唐へ向い、朝鮮で死去します。

中大兄皇子は白村江《はくそんこう》で新羅と唐の連合軍に大敗すると、都を飛鳥から大津へ遷して天智天皇《てんじてんのう》となります。そして百済の難民を受け入れて、百人の百済人を官人として登用したのです。

私は皇極・斉明女帝を『巫女《みこ》の王斉明《おうさいめい》』というタイトルの本にしました。

すると本が丸善の店頭に並んだ日、夫・次彦の友人の安藤さんから電話がかかり「右翼は大丈夫ですか」と言われます。

「右翼は私の本は読まないでしょう」と私は気にしなかったのですが、ネットの『巫女の王斉明』の欄に「万世一系の天皇家には百済の血など一滴も入ってはおらん」という抗議文が入力されていました。

学者が「皇極・斉明女帝は分からない」と言って史書に書かないのはそのためです。

しかし騒ぎが大きくなる前に、日本と韓国がサッカーのW杯で共同主催国になり、天皇が「桓武天皇の母は百済人の女官だったから、天皇家と韓国は親戚です。力を合わせてW杯を成功させましょう」と言われると、右翼の抗議はネットから消えました。

右翼のみなさんには、『日本書紀』の「斉明記」と、第五十代桓武天皇の母と配偶者の系譜を、ぜひごらんいただきたいと思います。

桓武天皇の母は高野新笠《たかののにいがさ》という百済人で、二十三人の后妃の中には三人の百済王の娘が並んでいます。そして韓国には『三国史記』という歴史書がありますので、日本の歴史学者は韓国の学者と共同研究をして真相を明らかにして欲しいと思います。

## 三人目の女帝　第四十一代持統天皇

歴史書は持統天皇を父と夫の遺志を継いで律令体制を完成させた女帝と書き、万世一系の基を築いた国産みの女帝と伝えます。

しかし持統天皇はわが子可愛さに甥を処刑したマザコンの代表ともいうべき女帝でした。

持統天皇は天智天皇の第二皇女として大化元年（六四六）に生まれ、幼名を鸕野讚良皇女《うののさららのひめみこ》といいました。母は蘇我倉山田石川麻呂《そがのくらやまだのいしかわまろ》の娘で、同母兄弟には、第一皇女の大田皇女《おおたのひめみこ》と第二皇子の建皇子《たけるみこ》がいました。

鸕野讃良皇女は十二才の時に父の弟の大海皇子《おおあまのみこ》と結婚して、十七才の時に草壁皇子《くさかべのみこ》を産みます。姉の大田皇女も大海皇子に嫁いで一年前に大来皇女《おおくのひめみこ》を生み、草壁が生まれた翌年、大津皇子をもうけますが五年後に亡くなり、二人の遺児は祖父の天智天皇に育てられます。父の天智天皇は鸕野讃良が二十三才の時に飛鳥から大津へ遷都して即位し、夫の大海人《おおあま》を皇太子とします。しかし四年後、死を前にした天智は皇太子の大海人ではなく、嫡男の大友皇子への遷位を画策するのです、それで大海人は出家して吉野へ逃避します。

その時、大海人に従ったのは、鸕野讃良と草壁皇子の母子だけでした。

そして十二月に天智天皇が崩御して大友皇子が弘文天皇になると、翌年の六月に大海人皇子は壬申《じんしん》の乱で弘文天皇を亡ぼし、飛鳥浄御原宮《あすかきよみがはらのみや》で即位して天武天皇となり、鸕野讃良皇女は皇后になります。

こうして八年後、草壁皇子が皇太子になりますが、姉の遺児の大津皇子は優秀で、二年後に朝政を聴くことが許されたので、天武が没すると、皇后は大津皇子に不審の挙動ありとして処刑します。

ところが翌年、天武の埋葬を終えて即位の準備が整った時、草壁皇子は病気になって一年後に死去します。

その時、草壁の遺児の珂瑠《かる》皇子はまだ六才と幼少だったので、祖母の皇后が即位して持統天皇となりました。

持統は漢風のおくり名で、和風の諡号《しごう》には「高天原広野姫天皇《たかまがはらひろのひめのすめらみこと》」「大倭根子天之広野日女尊《おおやまとねこあまのひろのひるめのみこと》」の二つがあります。

高天原は天照大神が治めた天つ国のことで、大倭根子は倭国の根本、つまり日本の始まりを意味します。

そして漢風の持統とは、一つの皇統を維持する万世一系《ばんせいいっけい》の意味で、国を生んで維持した天皇だから皇室の祖の女神、天照大神とも言われます。

持統の夫の天武天皇は唐を手本にした国づくりをすすめますが、志なかばで没し、その構想を受け継いで、持統天皇は都を飛鳥京から藤原京へ遷します。

春過ぎて夏来たるらし白たへの
衣干したり　天の香具山

『万葉集』に伝えられるこの歌は、遷都の喜びを表す歌としてよく知られています。

持統天皇は兄弟相続ではなく、祖母から孫への直系相続を実現させたので、皇祖天照大神のモデルと言われました。

しかし皇位の継承をめぐっては多くの血が流されたので、冷徹な女帝とも伝えられています。

梅原猛さんの『水底の歌』に書かれた柿本人麻呂は、持統天皇の歌詠みとして抱えられますが、息子の躬都良麿《みづらまろ》が大津皇子のご学友だったため、大津皇子事件で躬都良麿は隠岐へ、人麻呂も連坐の罪で四国に流されます。そして躬都良麿が病没すると呼び戻されるのですが、皇位を狙う天武天皇の皇子たちに与した廉《かど》によって石見国《いわみのくに》（島根県）に流されて水死します。

持統天皇は皇太子の草壁が病没したために即位して、孫の珂瑠皇子《かるのみこ》を文武《もんむ》天皇とします。

文武天皇は中国に倣《なら》って大宝律令を完成させて日本を律令国家とし、その律令で女帝は「仲天皇《なかつすめらみこと》」、つまり中継ぎの天皇とされて結婚が禁じられます。

持統天皇の血みどろの情熱と鉄のような固い意志がなければ日本の国は確立せず、万世一系という天皇家の伝統も実現しなかったでしょう。

女帝を中継ぎと認めたのは悔《く》やまれますが、死に際して、持統天皇は皇族で初めて火葬を遺言します。それは国づくりや皇位の直系相続の罪障の消滅をはかったためだろうと言われます。

皇位を継承した孫は、女帝を中継ぎとして結婚を禁じましたが、なにはともあれ、国産みの天皇は女帝だったのです。

持統天皇の取材で吉野へ出かけた私は、橿原《かしわら》のホテルからタクシーで明日香から神奈備《かんなび》山の山中を流れる飛鳥川添いの山道を上り、頂上の芋峠《いもとうげ》を越えて吉野へ出る山越えをしました。

飛鳥川には悪魔払いのカンジュウという しめ縄が両岸をつないで川いっぱいに張られ、稲渕《いなぶち》の集落を過ぎると、皇極天皇が雨乞いをしたという宮山《みややま》があり、さらに上ると栢《かや》の森という集落に着きます。栢の森は飛鳥川の源と言われ、朝鮮半島の南部の伽耶《かや》から渡来してきた人が住みついたので、栢の森の名前がついたと伝えられます。

皇極天皇が雨乞いをした宮山には宇須多伎比売《うすたきひめ》を祀った祠《ほこら》があって、栢の森には男神の加夜奈留美命《かやなるみのみこと》の祠があります。

宇須多伎比命は朝鮮半島の伽耶人の神だったので、百済《くだら》の王の娘の皇極天皇の祈りが届いたのでしょう。

栢の森からしばらく坂道を上って頂上の芋峠に着くと、眼下に吉野山が見えますが、古代は芋峠までが国中《くんなか》と呼ばれて、吉野は国の外だったのです。

吉野の宮滝《みやたき》は吉野川の上流で、斉明天皇が造営した吉野離宮の宮跡には、吉野資料館が建てられています。

宮滝は巨岩や奇岩が連なって浅瀬と渕《ふち》が交錯する景勝地で、吉野連山の水分《みまくり》の山として知られた青根ヶ峯を仰ぐことが出来ます。水分とは水の分配のことです。

神仙境と言われる吉野川流域の国栖《くず》の里には、尾《し》っぽがある日本の原住民が住んでいて、大海人皇子の味方になり、国栖奏《くずそう》で励ましたので大海人は壬申の乱に勝利して、日本という国をつくったと伝えられます。

国栖奏は今もつづいていて、吉野川の天皇渕の岸辺に建った六帖間ほどの社で毎年演じられ、吉野資料館の館長、岸本さんのご好意で、私は拝見させていただきました。

そして持統天皇の歴史小説『天照らす持統』が出版されると、館長さんのはからいで、宮滝小学校の講堂で「国産みの女帝――持統天皇」の講演をいたしました。

## 四人目の女帝　第四十三代元明《げんめい》天皇

私は何度も平城京へ行きましたが、戦後五十年の間、平城京は草むらでした。

ところが三十年前の平成十年（一九九八）に平城京が「古都奈良の文化財」として世界遺産に登録されると、二年後には朱雀門《すざくもん》、そしてさらに二年後には平城遷都千三百年を記念して大極殿《だいごくでん》が復元されて、平城京の北西の隅には資料館が創設されます。

資料館には当地で出土した木簡や呪いの人形のほか、貴族の食物として牛乳を煮詰めた「蘇《そ》」などが展示されていて、私は復元された平城京に興味をそそられました。

平城京は花の都と歌われ、天平文化が花開いた都ですが、その都を造営したのが、四人目の女帝の元明天皇です。

持統天皇が造営した藤原京が狭くなり、住みにくくなったこともありますが、藤原京には元明天皇の皇位を非難する輩《やから》が多かったので、遷都をしたとも言われます。非難の理由は元明天皇が祖母帝だったことです。

元明天皇は天智天皇の第四皇女で阿閇《あへ》皇女と言い、母が持統天皇の母の妹だったから、持統天皇とはいとこでした。

そんな関係だったので草壁皇太子の妃となって、氷高《ひだか》皇女と珂瑠《かる》（軽）皇子と吉備《きび》内親王の一男二女を産みます。

ところが、夫の草壁皇太子は即位を前にして病死したため、母の持統が即位して皇位を維持し、珂瑠皇子は十四才の時に皇太子となり、即位して文武《もんむ》天皇となります。そして持統上皇の指導で唐の律令に倣《なら》って大宝律令をつくり、律令国家の地盤を固めました。

大宝律令は女帝を認めず、国生みの持統上皇も中継ぎの仲天皇《なかつすめらみこと》とよんで、女帝の結婚を禁じました。

持統天皇は大宝律令の完成を見とどけて翌年崩御しますが、その五年後、上皇の後を追うように文武天皇も崩御しました。享年二十五でした。

この時、嫡男の首《おびと》皇子は七才と幼少だったので、祖母帝に当る草壁皇太子妃の阿閇皇女が、仲天皇として元明天皇になりました。

朝廷は、天智天皇の「不改《ふかい》の常典《じょうてん》」で直系相続が決められていたので、元明天皇は姑《しゅうとめ》の持統天皇に倣って仲天皇として即位したのです。

しかし元明天皇の即位には、天武天皇の皇子たちが反対したので、首皇太子の祖父藤原不比等《ふじわらのふひと》の支援で都を藤原京から平城京に遷し、和同開珎《わどうかいちん》の発行や『古事記』『日本書紀』の編さんなどを行って、反対派の刃《やいば》をかわしたのです。

そのため元明天皇は不比等の傀儡《かいらい》と言われますが、六十一才で崩御した元明天皇の遺詔《いしょう》に私は深い感銘を受けました。

元明天皇は喪《も》の儀を許さず、二度にわたって陵墓も禁じ、遺詔《いしょう》にしたがって喪葬の跡に建てられたたった一つの石の墓標はいつしか土に埋もれて、探し出された時には刻まれた文字も読めなかったと伝えられています。

陵墓は天皇の権威の象徴とされていましたが、これまで陵墓を禁じた天皇はおらず、それを禁じたのは平城京を死守するためだったのです。

平城京は唐に一歩近づくための都であると同時に、天智天皇の「不改の常典」による直系相続を根付かせるための都でもあったのです。それまで兄弟で相続した皇位継承を、親から子への直系相続に転換させる都だったのです。

祖母から孫へ譲位して、皇室の万世一系を始めた持統天皇の皇位継承は、元明天皇によって確立したのです。

元明天皇は不比等の傀儡《かいらい》ではなく、平城京を造営して天皇家の基盤を固め、天平《てんぴょう》時代を遺した偉大な女帝でした。

藤原氏の祖、鎌足を祀る談山《たんざん》神社の眼下に広がる平城京は美しく、裏手には斉明女帝の墓所がありますが、談山神社の丘陵からは斉明女帝が百済の扶余《プヨ》京を模して築いた飛鳥京の宮跡も望めます。

元明天皇は立派な仲天皇《なかつすめらみこと》であり、子ども思いのやさしい母帝でもありました。

## 二代の皇位を占めた六人目の女帝
## 第四十六代孝謙《こうけん》天皇・第四十八代称徳《しょうとく》天皇

孝謙天皇は出家して称徳天皇となり、二度にわたって皇位を占めた二人目の重祚《ちょうそ》の女帝です。

孝謙女帝は聖武天皇の娘として生まれ、女性で初めて皇太子となって即位した女帝です。

はじめ孝謙天皇となり、いったん譲位しますが、淳仁《じゅんにん》天皇の政治が受け入れられず、出家して称徳天皇となって仏教政治を行います。

称徳天皇の名前を耳にして、私の脳裏に浮かんだのが弓削《ゆげ》の道鏡の名前でした。

道鏡は怪僧で称徳女帝の看病禅師で、看病と称して夜伽《よとぎ》をつとめ、女帝を誑《たぶら》かして皇位をのぞんだと伝えられ、称徳も傲慢《ごうまん》で淫乱《いんらん》な女帝だったと私たちは教えられていました。だからどんなみだらな女帝だったのか、不謹慎《ふきんしん》にもその実態に興味をそそられて私は調べ始めたのでした。

ところが第一史料の『続日本紀』に重用《ちょうよう》の記述はあるものの、寵愛の記録はないのです。

孝謙・称徳天皇は、皇太子から即位したただ一人の女帝で、父の聖武天皇から大仏を中心にした仏教国の建設を託され、その実現を使命とした真面目な女帝でした。そのため孝謙女帝には、仏教の慈悲と憐れみによる奴婢《ぬひ》（奴隷）の解放や、死刑の禁止などの功績があります。

しかし、大宝律令によって女帝の結婚が禁じられていたので、後継者はつくれず、母の光明皇太后といとこの藤原仲麻呂にすすめられて仲麻呂の養子の淳仁《じゅんにん》天皇に譲位します。

淳仁天皇は天武天皇の皇子舎人《とねり》親王の七男の大炊王《おおいおう》で、仲麻呂は長男の死後、長男の未亡人と再婚させて仲麻呂の邸に住まわせていました。

政権を狙う仲麻呂は叔母の光明皇后の支援で、聖武上皇の遺言で立太子していた新田部《にったべ》皇太子を廃して、大炊王を皇太子として淳仁天皇にしたのです。

淳仁天皇が即位すると、仲麻呂は天皇を動かして新羅《しらぎ》征伐を画策し、都を琵琶湖の南の保良《ほら》に遷します。

しかし「日本を仏教国に」という聖武天皇の遺言を守るために孝謙上皇は奈良に戻り、出家して仲麻呂政権を退け、重祚して称徳天皇となります。そして仏教国を築くために仏教の師と仰ぐ道鏡に皇位を譲りたいと考えます。

すると内紛が起り、称徳天皇は仲麻呂を討伐して淳仁天皇を淡路島に流します。

しかし天皇の外戚《がいせき》を狙う藤原氏は道鏡の皇位を許さず、称徳天皇が崩御すると道鏡を下野国《しもつけのくに》（栃木県）に流して、光仁《こうにん》天皇を即位させ、娘たちを送り込んで外戚の座を占めて、大正時代まで天皇の権威を利用します。

称徳女帝の道鏡寵愛の伝説は、平安時代の説話集『日本霊異記《りょういき》』や鎌倉時代の歴史物語『水鏡《みずかがみ》』と説話集『古事談《こじだん》』に猥談《わいだん》として書かれていて広く読まれたのですが、これも外戚藤原氏の陰謀だったのです。

流人史によると称徳女帝の死後、道鏡は下野国《しもつけのくに》の薬師寺の別当となり、二人の子どもは土佐に流されます。

薬師寺の別院の龍興寺《りゅうこうじ》には戒壇院《かいだんいん》があり、戒壇院は茅葺《かやぶき》の六角堂だったと伝えられます。筑紫《つくし》（福岡）の観世音寺《かんぜおんじ》の戒壇院と奈良の東大寺の戒壇院とともに「日本の三大戒壇」の一つに数えられていて、東国の入門者は龍興寺の戒壇院で受戒するのが習いだったと言います。

称徳女帝は仏教国建設に当り、三重の小塔百万基《しょうとうひゃくまんき》に陀羅尼経《だらにきょう》を納めて、奈良の十大寺に安置しました。

三重の小塔は手の平に乗るほどの小さなもので、小塔の上に相輪《そうりん》を飾り、路盤《ろばん》の下には仏舎利《ぶっしゃり》の代りに経文を納めていて、今も法隆寺や根津博物館に伝わっています。

私は千葉の佐倉にある民族歴史博物館で拝見しましたが、高さが十センチ余りのかわいい小塔からは称徳女帝が目指す仏教国建設の熱意が伝わってきて、胸が熱くなりました。

私は称徳女帝の誤解をとくために、歴史の真実を『法体の女帝』という歴史小説に書きましたが、期待したほど反応はありませんでした。それは道鏡との猥談《わいだん》が根付いているからです。

ところが令和四年四月十八日の朝日新聞の「天声人語」に「道鏡を守る会」が紹介されていて、驚きました。

その日は、道鏡の没後一二五〇年に当り、道鏡は怪僧と言われているが、足跡を調べると流された後も寺院の建立や弟子の教育、薬草の蒐集に尽くした高僧なので、誤解をとくために「守る会」をつくって年報を出していると書かれていたのです。

私は同志に出会った気がして、すぐに龍興寺に電話をして「守る会」のことを確かめ、会長の住所を伺って、『法体の女帝』を二冊送りました。

本が着くと会長さんが電話を下さり「会員の中には『法体の女帝』のファンが二人いますよ」と教えてくれました。

そして会長さんは数年分の会報を送ってくれましたが、世の中には誤解を許せない人がいるのです。

私は間違っていなかったと安堵し、歴史に埋もれた女性を一人でも多く紹介しなければという思いを強くしたのでした。

## 七人目の女帝　第百九代明正《めいしょう》天皇

明正天皇は徳川家康の曽孫で、家康の野望によって誕生したかわいそうな女帝です。

しかし若年の女帝のためか、それとも徳川家の血をひくためか、学者は素通りして詳しい記録はありません。

家康は豊臣秀頼を亡ぼして天下人になると、天皇家も掌中に収めようと考えて、秀忠の五女の和子《まさこ》を入内させ、百八代の後水尾天皇の皇后とします。

和子皇后は後水尾天皇との間に、二男五女を生みますが、二人の親王は夭逝し、紫衣《しえ》の勅許をめぐって幕府との間に起った紫衣事件で後水尾天皇が退位したため、七才の第一皇女興子《おきこ》内親王が即位して明正天皇になりました。

しかしそれは後水尾天皇の政略だったのです。

女帝は「仲天皇《なかつすめらみこと》」で結婚は出来ず、しかも明正天皇は幼帝で実権は後水尾天皇が握っていたので、上皇は皇位の維持をはかったのです。

ただ菊と葵の間で明正女帝がどんな思いをしたのか歴史家も触れず、史料もありません。

でも私は古美術の『国華』という雑誌の第七八七号に、田中良一氏が書かれた「明正天皇宸筆の御消息」という文献を見つけました。

その中に山科に十禅寺という勅願寺を建てたという記録があったので、十禅寺に電話をかけると、十禅寺には明正天皇の遺品が全部伝わっていて、旧華族が集う霞ヶ関ビルディングの霞会館で展示会を行ったというのです。それで霞会館をたずねて、資料輯をいただきました。

明正天皇は在位十四年で退位します。まだ二十一才だったので、上皇になるとうつ病に苦しみ、山科の四宮地蔵《しのみやじぞう》にお詣りに出かけて動けなくなり、通りかかった江玉真慶《こうぎょくしんぎょう》という修行僧に助けられるのです。ぼろをまとって牛に乗った江玉真慶は、山科出身の修行僧でした。真慶は禅宗から天台宗に移り、聖護院《しょうごいん》派に替って全国の霊地を行脚《あんぎゃ》し、ふるさとの山科に立ち寄ったところ、関ケ原の合戦で、人康《ひとやす》親王が安置した聖観音菩薩《せいかんのんぼさつ》の堂宇が焼かれ、風雨にさらされていたので、草庵を結んで祈っていたのです。

人康親王は第五十四代仁明《にんみょう》天皇の第四皇子で、二十八才の時に眼病を患って盲目になりますが、和漢の学問にすぐれ、琵琶法師の始まりとも言われるほどの琵琶の名人でした。

山科は人康親皇の所領で、親王は領民にやさしく対処したので、亡くなると領民は小野篁《おののたかむら》に頼んで親王の地蔵を造ってもらって六角堂に祀ったというのです。人康親王は仁明天皇の第四皇子だったので、地蔵さまは「四ノ宮地蔵」とよばれて、地蔵さまに頼めば、病を治してくれると言われていたのです。

お詣りをして体調をくずした明正上皇は、江玉真慶に助けられたので、その後真慶に治療を頼み、真慶のために十禅寺という勅願寺《ちょくがんじ》を建てたのです。そして崩御する時、江玉真慶は十四年も前に遷《せん》化《げ》していたのに、遺品はすべて十禅寺に納めるよう遺勅し、遺品はすべて十禅寺に運ばれたのです。

私は三回十禅寺をたずねて遺品を拝見しましたが、装身具から手紙や手芸まで二つの広間いっぱいに広げても納まりきれず、廊下にも足の踏み場がないほどでした。

そして仏像の他に父後水尾天皇と母東福門院の位牌まですべてが十禅寺に送られて、今に伝わっているのです。

しかし宮内庁は十禅寺を勅願寺と認めず、当主がつとめに出て、寺を維持しているというのです。

私は明正天皇を『葵の帝』という本に書きました。

すると本を読んだ方が十禅寺をたずねるようになって奥さまは喜ばれました。

それでこのエッセイを書くにあたり、久々に十禅寺に電話をしました。

するとご当主が出て

「家内は今手術を終えて病院から戻ったところですが、事態は何も変わりません」

「ならば勅願寺の勅許はまだ降りないのですか」

「そうです」

ご当主は怒ったようにこたえて

「もう電話はしないで下さい」

と言って電話は切れました。

どうして勅願寺になれないのでしょうか。女帝だったからでしょうか。それとも徳川家の血をひいていたからでしょうか。

宮内庁の返答をうかがいたいものです。

## 囚屋《ひとや》の歌詠み

明治四十四年に創刊された『青踏《せいとう》』という女性雑誌の刊頭言に、平塚らいてうが――原始女性は太陽であった。真正な人であった。今、女性は月である。他に依って生き、他の光によって輝く病人のような蒼白い月である――と書いています。

太陽とは女神の天照大神のことで、今の日本は女性が自ら輝く力を失い、男性に頼って生きる男尊女卑の国になったという意味です。

女性が太陽であった時代は短く、源平が登場してからは男社会になって、ずっと月でありつづけました。

しかし、ふしぎなことに時代の節目には尼が登場して力を発揮するのです。

鎌倉幕府の執権北条義時が後鳥羽上皇と対立して幕府滅亡の危機に瀕《ひん》した時、頼朝の未亡人の尼将軍北条政子の演説で家臣がふるい立ち、承久《じょうきゅう》の乱を制したことは有名です。また、秀吉の未亡人の北政所が大坂城の西の丸を家康にゆずって出家し、湖月尼《こげつに》となって家康を天下人に押し立てたことも前に書いた通りです。

男尊女卑の時代、女は半人前でしたが、尼になると神仏の弟子として男子の出家と同格で、余生を世のため国のために捧げることが許されていたのです。

私が『流人100話』で出会った野村望東尼も、余生を国に捧げた尼でした。

明治維新で流刑が廃止されるまで、島流しにされた流人は一万人を数えると伝えられ、その九十六%は男性と言われますが、望東尼は福岡の数少ない女流人でした。

私は実情が知りたくて、望東尼の流刑地の姫島をたずねました。

姫島は福岡県の糸島半島の岐志《きし》港から、西へ三里の玄界灘に浮かぶ周囲一里の小島です。島民は二百人余りですが、「玄界灘は荒海なので、船の欠航が多くて苦労します」と、同じ船に乗り合わせた小学校の先生は歎いていました。

現在でもそうだから、望東尼が送られた幕末は、玄界灘に浮かぶ小さな孤島だったのです。

船を降りると、島の集落のはずれに望東尼の囚屋が復元されているというので、島の方に案内してもらいました。

囚屋は間口二間、奥行一間半の六帖ひと間を板壁で囲み、表は松の木の荒格子造りで、右端の出入口には大きな錠前が下り、中には洗面台と簡易便所が見えました。

送られて来た時、望東尼は六十才（満五十九才）で、囚屋で秋から冬を迎えて救援されるまで十カ月間、住んでいたと言います。

私が訪ねたのは、夏の初めでしたが、海風が身に浸みて、体中に鳥肌が立ちました。

六十才の老齢で、吹きさらしの囚屋で十カ月を耐えた望東尼とは、どんな女性だったのか。私は経歴を調べます。

望東尼は幕末の文化三年（一八〇六）に福岡藩士浦野重右衛門勝幸《うらのじゅうえもんかつゆき》の三女として生まれ、本名をモトと言いました。

モトは土地の人が「じょうもんさん」と呼ぶ美人だったので、十七才の時に二十才年上のご家老郡《こおり》利貫《としつら》に見染められて嫁ぎますが、利貫がモトの下女に手をつけて懐妊させたため、離婚して国学と和歌を教える二川《ふたがわ》松陰《しょういん》の塾に入り、そこで出会った藩士の野村貞貫《さだつら》と再婚します。

その時モトは二十四才で貞貫は三十七才でしたが、貞貫も再婚で、貞貫には十七才を頭に三人の男子がいました。でも夫婦仲はよく、二年後に二川松陰が亡くなると、門弟の大隈言道《おおくまことみち》の門下生となります。そしてモトが三十五才の時、四十八才の貞貫は長男に家督をゆずり、福岡城の南の平尾山に山荘をつくって隠居しました。

モトは貞貫との間に四人の子を生みましたが、みな夭逝して、先妻が残した二人の男子も次々に亡くなり、安政六年の七月には、夫の貞貫も六十五才で死去します。

そのため一人残されたモトは菩提寺の明光寺で出家して、向陵院松月望東禅尼《こうりゅういんしょうげつぼうとうぜんに》という尼になり、三年後、モトは貞貫の遺稿集を出版するために、大坂行きを思い立ちます。

歌門を率いていた大隈言道が、歌門の発展のために大坂に移っていたので、大坂で貞貫の遺稿集の編さんを依頼して、長年夢見ていた上京をしようと考えていたのです。

しかしモトの上洛には、親戚や知人が反対しました。前の年に安政の大獄を行った井伊大老が暗殺されて、福岡藩でも筑前勤王党の弾圧が始まっていたからです。でも遺稿集編さんのための上洛は望東尼の宿願だったので、周囲の心配をよそに望東尼は出発します。

そして大坂で遺稿集の編さんを依頼すると京へ上り、野村家の親戚の家に逗留してお正月の御所へ出掛け、神社の参拝をして勤王歌人の村岡局と太田垣蓮月尼をたずねました。

ところが、福岡の歌仲間で妻子を捨てて脱藩した平野国臣《ひらのくにおみ》が、桝小屋《ますごや》に入れられたという連絡がとどき、望東尼はあわてて福岡へ戻るのです。

しかし桝小屋は政治犯の牢で監視がきびしく、国臣とはコヨリの手紙のやりとりをしますが、しだいに国臣に感化されて、望東尼はいつしか立派な勤王家になりかわっていました。

勤王家になると望東尼は平尾山荘に勤王の志士を匿《かくま》うようになり、その中には長州で奇兵隊を決成した高杉晋作《たかすぎしんさく》もいたのです。

山荘に来た時晋作は二十六才で、十日後には長州の俗論党と戦うというので望東尼は変装用のしるしばんてんから袷《あわせ》の羽織、それにじゅばんや下帯や足袋まで一揃い用意し、

まごころをつくしのきぬは国のため
　立ちかへるべき衣手にせよ

という歌の短冊を添えて、晋作を送り出すのです。

すると六日後、晋作から、ぶじに下関に着いたという知らせが届き、山口へ帰った晋作は功山寺《こうざんじ》で挙兵して、長州藩の藩論を討幕に一致させます。

しかし翌慶応元年の六月、福岡勤王党の党主が失脚して家老五名が切腹し、十四名の家臣が斬罪に処せられ、望東尼は勤王の志士を匿った科により、十一月十五日に姫島流罪の上、牢居《ろうきょ》を命ぜられたのです。

望東尼は五十六才でしたが、今で言えば八十才前後の老齢ですから吹きっさらしの牢居は寒さがこ

たえたにちがいありません。でも不幸中の幸いというのか、十年前まで実弟の桑野喜右衛門《くわのきえもん》が島の定番《じょうばん》（島守）をつとめていた関係で、島民が食事や衣類の差し入れをしたり、囚舎《ひとや》の前で焚火をして温めてくれたので、ぶじに年を越すことが出来ました。

こうして迎えた秋の半ばの九月六日。高杉晋作の密命を受けた平尾山荘の同志六人が早船で望東尼の救出に来て、命がけで望東尼を晋作が待つ下関へ送り届けたのでした。

その時、晋作は結核で、勤王家の豪商白石正一郎の邸に病臥していて、望東尼は愛妾のうのと二人で看病するのですが、七カ月後の慶応三年四月十日に晋作は臨終を迎えます。

死期が迫ると、晋作は――おもしろきこともなき世におもしろく――と書いた辞世の上の句を望東尼に差し出します。それで望東尼は――すみなすものは心なりけり――と下の句をつけて返します。

それを見て、晋作は目を閉じて旅立ちました。

晋作は萩の実家に正妻と長男を置いていたので、最期が近づくと両親と正妻と長男がやって来て、葬儀も神道で行われました。

そのため愛妾のうのは身を引き、葬儀に出ることもはばかられましたが、晋作は奇兵隊の陣所のある下関の清水山に葬って欲しいと遺言したので、うのは髪を下ろして梅処尼《ばいしょに》と号し、清水山の墓守りになりました。

そして介護した望東尼には晋作の遺言で長州藩から二人扶持《ぶち》（米十俵）が与えられたので、長州藩の楫取素彦の世話になります。　素彦の妻は吉田松陰の妹で、晋作の紹介で望東尼の歌弟子になっていたのです。

ところが十月に薩長両藩に天皇から討幕の密勅が下り、薩長の連合艦隊が防府《ほうふ》の三田尻《みたじり》港から出航することになったので、望東尼は三田尻の歌人荒瀬ゆり子の家に逗留し、防府天満宮で断食潔斎《だんじきけっさい》をして戦勝を祈願します。

しかし体調をくずし、十一月六日に病死して、防府の桑山《くわやま》に葬られますが、望東尼は福岡藩の出身だったので、二十四人の浮浪の志士として葬られたのでした。

でも防府には望東尼を慕う人が多く、「モト尼会」という顕彰会《けんしょうかい》が組織され、今もお墓を守っています。

顕彰会の方が私の取材を手伝ってくださり、『流人望東尼』の本が出版されると防府新聞が紹介してくれました。そして福岡テレビも、大々的に放映してくださったのです。

冬籠こらえ堪えて一瞬に
　花咲きみつる春は来るらし
雲水の流れまどいて花の浦
　初雪とわれふりて消ゆなり

望東尼はこんな辞世を残して旅立ちましたが、待ちに待った連合艦隊は十日後の十一月十六日に三田尻港を出港して、一カ月後の十二月九日に王政復古の大号令が発せられました。

その後戊辰《ぼしん》戦争に勝利し、翌慶長三年一月九日に明治天皇が即位して、日本は幕府から天皇が政権を持つ皇国に生まれ変ったのです。

しかし明治新政府は富国強兵と海外侵出をモットーとして、女帝を禁じました。

## もう一人の愛加那

私は奄美大島へ三度出かけました。

奄美大島は令和四年（二〇二二）に世界遺産に登録されましたが、海底のテーブルサンゴが透けて見えるエメラルドグリーンの笠利湾が、目に貼りついて今も離れません。

最初に行ったのは、『流人100話』の百人目に書いた西郷隆盛の謫居《たっきょ》の取材でした。

隆盛は薩摩藩主島津斉彬《しまづなりあきら》の寵臣《ちょうしん》で、斉彬が死去すると殉死《じゅんし》しようとしますが、勤王僧の月照《げっしょう》に「生きて斉彬の遺志を継ぐように」と諭されて、殉死を思いとどまるのです。そして幕府に追われた月照を助けるために薩摩に伴いますが、薩摩藩は幕府の目を怖れて月照を東目《ひがしめ》送りにします。

東目送りとは日向《ひゅうが》（宮崎県）との国境で行われる処刑を意味したので、西郷は向う途中、月照と共に錦江湾《きんこうわん》に入水します。

ところが西郷は生還し、薩摩は幕府から西郷を匿《かくま》うために奄美大島に潜居させます。

そのころ奄美大島には薩摩藩から三百人余りの流人が送られていて、薩摩から女人の渡航は禁じられていたため、男流人は「あんご」とよばれる島妻を娶《めと》って暮していました。それで西郷も愛加那というあんごを娶って、二人の子どもをもうけます。

しかし二年後に西郷は薩摩に呼びもどされて奄美大島を去り、愛加那との間にもうけた二人の子どもは成長すると鹿児島の本宅に引き取られて、奄美大島の白間《しらま》の家は、愛加那が兄の子を養子に迎えて守りました。

私が最初に島を訪ねたのは、昭和六十三年（一九八八）のことで龍郷町《たつごうちょう》にはまだホテルがなく、道路工事の人が泊る民宿に泊まりました。

その民宿から笠利湾に沿った道をバスで北上すると、島の最北端の今井崎に近い白間《しらま》に西郷の謫居はありました。

木造の謫居は年を重ねて古びていましたが、私がたずねた時、龍マサ子さんという六十才前後の婦人が謫居を守っていました。

マサ子さんは愛加那の養子の後妻で、夫の死後、後継者の息子がまだ会社づとめをしていたので、小さな売店を開いて一人で謫居の留守番をしていたのです。

私が「西郷さんの取材に来ました。よろしくお願いします」と挨拶すると、マサ子さんは「喜んでご案内させていただきます」と言って売店を閉め、謫居と遺品の説明をして言いました。

「西郷さんをお書きになるなら、島妻の愛加那を書いて下さい。遺跡をご案内しますので、お願いします」

マサ子さんの真剣なまなざしに心を打たれて「分かりました」とこたえると、マサ子さんは弁財天の愛加那のお墓から、愛加那が暮した中浜の実家や愛加那が養女とされた龍本家の跡を辿り、歩きながら「ウガシショーラン」という島の挨拶や、「トウトウガナシ」というハブよけの呪文《じゅもん》を教えてくれました。

そして遺跡をひとまわりすると、マサ子さんは「島の料理をご馳走させてください」と言って、海沿いの食堂で黒豚の焼肉をいただきました。

昭和六十三年の頃、東京にはまだ焼肉も黒豚もなく、黒豚の焼肉はおそるおそる口にした珍味でした。

島のご馳走をいただいて帰りのバスに乗る時、マサ子さんは私の手をしっかり握ってまた言いました。

「これまで西郷さんを書かれた方はたくさんいますが、愛加那を書いた人はおりません。愛加那はかわいそうな女性です。ぜひ愛加那を書いて下さい。お願いします」

声をつまらせて頼むマサ子さんの顔が、愛加那の化身のように見えました。

「分かりました。わたしは女性史が専門ですからきっと書かせていただきます」

そう言って私はマサ子さんの手を握り返したのです。

でも『流人100話』が刊行されると、雑誌や講演や講座の仕事に追われて、愛加那さんには手つかずのまま時が流れました。

月日の経つのは速いものです。あれからあっという間に二十年が過ぎて、思いがけない事件で火が付きました。

その事件とは「振り込め詐欺《さぎ》」の電話です。

私は「結婚をして子どもを生み育てないとよい作品は書けない」という那須先生の教えを守り、結婚をして二人の年子の男の子を育てながら童話から大人ものに移り、女性史と流人史に取り組んできました。

そして二十年の間に二人の子どもは大学を出て、それぞれの道を歩み始めたのですが、新聞記者になった長男は社会部の記者だったので忙しく、電話をしても通じず、転勤は多く、二年も三年も家には帰ってきませんでした。

そんな長男から、ある晩、電話がかかって来たのです。

「オレだけど、ケイタイ電話を落したので迷惑がかかるといけないから電話をした」と言うのです。

その声が鼻声だったので、「風邪をひいたの?」ときくと、「そう」とこたえます。

長男は子どものころ、よく風邪をひいて熱を出し、私は寝ずの看病をしたので、寝具のことや家族の近況を伝えて、お盆には帰るように約束をして電話を切ったのです。

二年も会えなかったし、電話も通じなかったので、その夜は久々の電話がうれしく、胸のつかえがとれてよく眠れました。

ところが翌朝また電話がかかって来たのです。

「実は上司が保証人になってだまされて、お金に困っているので、少し都合して欲しいのだけれど……」と長男は言うのです。

それで私は「いいよ」と言ったのですが、「ちょっと待って、お金のことはお父さんに相談しないとね。お父さんに替わるから」そう言って、次彦に受話器を渡しました。

するとひと言ふた言言葉を交わした次彦が、

「ちょっと声が違うな」と言うとプツンと電話が切れたのです。

「朝だから声が出なかったのよ」と私は言ったけど、

「もう少しでだまされるところだったよ」と言って、次彦は受話器を置きました。

それはオレオレ詐欺だったのです。流行のはしりだったので気がつきませんでした。

私はがっかりしましたが、その時脳裏に浮かんだのが愛加那でした。

二人の子どもは鹿児島の本宅に引き取られて正妻に育てられ、息子の菊次郎は一度帰って来ます。

十一年ぶりに帰って来た菊次郎は西南戦争で片足を失っていましたが、娘の菊草《きくそう》は女性の渡航は禁じられていて、帰ることが出来ませんでした。西郷のいとこと結婚させられた菊草は不幸で、晩年には離婚して菊次郎の世話になるのですが、愛加那は手も足も出せず、ただただ気を揉むばかりだったと言います。

遺跡めぐりの道々、マサ子さんから聞いた愛加那の哀しみが胸をよぎりました。

マサ子さんは愛加那の再来かもしれません。再来でなくとも、二人の子を案じながら生涯を終えた愛加那を哀れんで、後妻になったにちがいないと思いました。

「愛加那さんを書こう」

そう決心すると、私は奄美大島の龍郷町の教育委員会の広州弘《ひろしまひろし》教育長に電話をして、取材の協力をお願いしました。

私が『流人100話』で西郷さんの紹介をしていたので、広州教育長は主査の松村智行さんに案内を命じて、松村さんは史跡や大島紬《つむぎ》や、ハブや花昼顔の花まで見せてくださり、奄美の方言の専門家や島の新聞社二社の紹介もしてくれました。

しかしもっともお会いしたかったマサ子さんに、会うことは出来ませんでした。後継者は先妻の息子で、停年になって謫居に戻って来たので、マサ子さんは出て行ったと言うのです。

「どこへ行かれましたか。今どうしていますか」

私がきくと、

「消息は分かりません」と松村さんはこたえます。

「ならば本が出来たら持って来ますので、消息を調べておいてください」と頼んで私は帰りました。

そして二年後の二〇一〇年一月に『あんご愛加那』を上梓したので、五月に横浜の「歴史の教室」の希望者三十名と共に、本を持って奄美大島へ出かけました。

教育委員長の広州さんには本を恵贈していたので、その日は空港で――小石先生ご一行さま、ようこそ奄美へ――という横断幕に迎えられ、役所の迎賓室で歓迎会をしていただきました。

それからバスで謫居を訪問して、私はマサ子さんを探しましたが、出て来たのは後継者の昭一郎氏でした。

「マサ子さんは？」と問うと、「居ないよ」という返事。それで「頼まれていた本が出来たので届けに来ました。マサ子さんにお渡し下さい」

そう言って私が茶封筒を差し出すと、昭一郎は中から本を抜き出して、ひと目見るなり叫びました。

「愛加那はあんごじゃねえぞ。正妻ぞ！」

その怒声に驚いて私が教育委員長の広州さんを探すと、広州さんは役所の人のかたまりの中にいて苦笑いをしているのです。役所の管理を嫌っていると言っていたので、昭一郎の怒声はめずらしくなかったのでしょう。

広州教育長にマサ子さんのことをきくと「どこに居るか分からないし、帰って来ることはないでしょう」との返事でがっかりしました。

「正妻は鹿児島の本宅のイトさんです」

とも言えず、私がうずうずしていると、

「先生こちらへ」

と広州教育長が言ったので、ついて行くと広州さんは屋敷の門の内側で止まりました。

「後継者の昭一郎さんには私たちも困っているのです。謫居が古くなって雨もりがするので町の管理にしたいのですが、マサ子さんを追い出して謫居の拝観料を取って、勝手な説明をしているのです」

「それでマサ子さんの消息は分からないのですか」

「はい、消息はつかめません。でもマサ子さんが残したものがあるのです。どうぞこちらへ」

そう言って、広州さんは門の片方に柱のように立っている石碑の前に立ちました。

「これを読んでみて下さい」

広州さんに言われて石碑を見ると、石碑には次のような文字が書かれていました。

「愛加那碑文」

一八三七（天保八）年、愛加那は龍一族の次男家佐栄志の娘として生まれ（幼名於戸間金《おとまがね》）少女期から芭蕉布を織り始め、やがて村の女たちに教えるほどの腕前となる。気丈で働き者であった。

一八五九（安政六）年、鹿児島から遠島になった西郷吉之助（後の隆盛）と結婚し、この家で暮らす。

菊次郎・菊草の二児に恵まれたが、三年後吉之助は島を去り、やがて二人の子も西郷本家へ引き取られた。

吉之助は明治維新の立役者の一人として、歴史にその名を残した。愛加那はこの家でひっそりと暮し、ひたすら夫と子らに会う日を待った。

一九〇二（明治三十五）年八月、大雨の中を畑に行きそこで倒れた。享年六十六才。愛加那は島妻の生涯を終えた。

愛加那没後百年を記念して。
　二〇〇三年（平成十五年）十二月二十五日建立
　　　龍マサ子

なお石碑には「『西郷菊次郎と台湾』の著者佐野幸夫様のご寄付によって建てられたものです」と

書かれていました。

私は愛加那碑文の石碑が龍マサ子さんに見えて「マサ子さん、私は約束通り、愛加那さんの本を書いて届けにきましたよ」と心の中で石碑に告げて、謫居を後にしたのでした。

謫居を追われても謫居が朽ち果てても、石碑は残り門の側に立ちつづけるでしょう。

私にはその石碑が二人の子どもの帰りを待ちつづけるもう一人の愛加那のように見えました。

## 富貴豆《ふきまめ》と命の水

夏の初めのころ、日本橋の人形町に住む友人から富貴豆をいただきました。

富貴豆は空豆の煮豆で、日本橋に四代つづくハマヤ商店の逸品です。

煮豆と言えば金時豆ですが、富貴豆は乾燥した空豆を水でもどし、蒸《ふ》かしてひと粒ひと粒皮をむいて煮込む、手の込んだ煮豆です。それで富貴豆という高貴な名前がつけられたのでしょう。

私がお礼の電話をすると、「空豆はたくさん穫《と》れないので、早く予約しないと売り切れるのよ」と友人は言います。漢名を蚕豆《さんとう》という外来種で、九州では唐豆《とうまめ》と呼んで私たちは炒り豆をおやつに食べていましたが、外来種だから、大豆や小豆のようにたくさん穫れないのでしょう。

電話を切って、ひと粒口に入れて味見をすると、金時豆とは歯ごたえが違います。

「たしかに空豆だわ」そうつぶやいて私は御蔵島《みくらじま》の女流人、白子屋《しろこや》お常を思い出しました。

白子屋お常は、白子屋騒動で死罪にされたお熊《ゆう》の母です。連座によって伊豆七島の御蔵島に流され、十七年後、恩赦《おんしゃ》で江戸に戻って三年後に亡くなりますが、お礼と言って御蔵島へ空豆を送ったのです。ところが島の小冊子には「島流しなどソラゴトソラゴト」と言うための豆だったのでは？と書いてあって、あ然としました。

私は五年間島流しや流人の取材をして『流人100話』を書きましたが、調べによると、明治維新の流刑廃止まで配所の月を眺めた者はおよそ一万人。しかし赦免されて島にお礼を送った流人は、一人もいませんでした。

流人は罪人なので極悪人が多く、御蔵島では、宝暦年間に流人が島民をみな殺しにして島を奪おうとしたり、八丈島から島替えにされた近藤啓次郎が、盗んだ太刀で名主を斬り殺すという事件も起っています。

島にとって流人は招かれざる客で、幕府から押しつけられた油断のならない時限爆弾のような存在でした。ですからお常を知らない後世の島の人には、お常のお礼の気持ちが通じなかったのは当然でしょう。

お常とはどんな流人だったのか、真実を知りたいと思っていたところ平成十八年（二〇〇六年）に『御蔵島島史』が発行され、同じ頃、白子屋騒動の実態が歴史家によって明らかにされたのです。

白子屋騒動は大岡裁きで有名ですが、今に伝わる白子屋騒動は、事件の五十年後に大当たりをとった歌舞伎や浄瑠璃のストーリーを定説として、脚色したものということが分ったのです。

大岡越前は『大岡政談』の大岡裁きで有名な名奉行として語られてきましたが、大岡裁きは白子屋騒動一件のみという史実も明らかになりました。

五代将軍綱吉の元禄時代は江戸の町人が財力を持ち、文化の中心は上方から江戸へ移って町人文化が開花します。すると庶民の暮しが派手になり、幕府の財政が悪化したため、八代将軍吉宗は幕政改革に着手します。

幕府の改革は南町奉行の大岡越前が主導しておさめ、享保の改革と呼ばれていますが、享保の改革は財政再建が目的だったので、材木商の白子屋が見せしめにされたのです。

当時「火事とけんかは江戸の華」と言われたほど江戸は火事が多く、そのたびに材木商は繁盛しました。

白子屋は初代が伊勢の白子から出て、江戸の町づくりの木材を商ったのが始まりで、銀座に近い新材木町に材木を納める三棟の土蔵と三百坪の屋敷を構えた大店《おおだな》でした。

お常は三代目の当主荘兵衛《そうべえ》の一人っ子だったので、白子から庄三郎《しょうざぶろう》を婿養子に迎えます。

ところが庄三郎は材木商に不案内で、荘兵衛が亡くなると店は傾き、借金に苦しむようになったので庄三郎は店を閉めようと言いましたが、店の後継ぎのお常は反対しました。

女主人のお常は庄三郎との間に四人の子女を生みますが、次女と四女は夭逝して、長女は嫁いでいたので、三女のお熊に五百両の持参金付きの又四郎を婿養子として迎えます。しかし又四郎も商才がなく、お熊は手代の忠八を番頭にして立て直しをはかろうと考え、又四郎に離婚を願い出ます。しかし又四郎は応じないので、側仕えのお久が又四郎を離婚に追い込むために、下女のお菊との不倫を画策するのです。

でもお菊は下男の長介に好意を持っていたので、カミソリを忍ばせて、添い寝をした又四郎を切りつけます。それで驚いた又四郎が奉行所に届け出て、南町奉行の大岡越前の裁きを受ける羽目になったのでした。

お常は大岡越前に、店を閉じなかったのは女主人の自分の責任だから、自分を罰して若者四人は助けて欲しいと嘆願しますが聞き入れられず、四人には厳罰が下されて、お常も連坐とされました。

お熊（二十三才）は姦通罪で引き廻しの上死罪。
お久（三十二才）は主人への不忠により、市中引き廻しの上死罪。
忠八（三十七才）は不義と不忠の罪により、引き廻しの上獄門。
お菊（十七才）は人殺しの罪で死罪。
お常（四十八才）は遠島連坐の罪。

大旦那庄三郎（五十三才）は監督不行届により江戸払い。

若旦那又四郎（四十七才）はお構いなし。


ただし恩情として遺体は下げわたし、菩提寺への埋葬も許されたのです。

私がお常の空豆を思い出したのは『流人100話』を上梓して二十数年後のことですが、私はお常の真実が知りたくなり、島の郷土史家栗本一郎氏に島の案内をお願いして、御蔵島へ出かけました。

東京から御蔵島へ行くには、竹芝桟橋から八丈島行きの東海汽船に乗るのですが、島は黒潮の潮流に囲まれていて接岸出来ないことが間々あるので、八丈島まで飛行機で飛んで、八丈からは島専用のヘリコプターを利用しました。

御蔵島は、今は島役場があって村長さんがいますが、島には島長《しまおさ》の神主家や名主家《なぬしけ》や年寄《としより》、浜役《はまやく》などが健在で、案内をお願いした栗本一郎氏は名主の家の長男ですから、島の生き字引きであり、百科事典です。それで私は、栗本先生とよびました。

島は夏になるとイルカウォッチングで来島者が多いので、私は夏休み前の七月十八日に案内をお願いして、お常の足跡をたずねました。

御蔵島は伊豆七島の六番目の島で、五番目の三宅島より五里ほど南にあり、七番目の八丈島は、黒潮の海流黒潮川を挟んで十四里北にあります。

黒潮に洗われる御蔵島は海底火山の山頂の部分にあたり、山頂は御山《おやま》とよばれて、周囲四里の山腹の北側に里村という村がありました。

山の斜面の断崖を削ってつくった村には二十四戸が階段状に屋敷を構えていて、三百人余りの島民が肩を寄せ合って暮していいます。

原生林が伝わる山には、箸《はし》、カンザシ、ハンコをつくった良質の柘植《つげ》や、タンスや戸棚など調度品の材料となる桑の木が自生していて、原生林から湧き出す水は滝となって海へ落ちています。

そして山の中には夏の間カツオドリが巣をつくり、山道にはカサブランカの原種と言われるサクユリが咲きそろい、あたりは芳香につつまれます。

御蔵島の人たちは原生林の柘植や桑の木を売り、山から湧き出す真水と、魚が獲れない冬場は、カツオドリのヒナの塩漬や、サクユリの球根をキントンにして食べることができました。

しかし平地がなくて主食の米が穫れず、明治までは幕府から扶持米《ふちまい》をもらって暮らしていました。

伊豆七島の大島や三宅島には古代から流人が送られていて、八丈島は江戸時代の初めに関ケ原の合戦に敗れた宇喜多秀家が流されて、流人の島となりましたが、七島全部が流刑の島に指定されたのは、八代将軍吉宗の「御定書百箇条」によってでした。

江戸が百万都市になると罪人が増えて江戸の牢に収容できなくなり、伊豆七島の人口の一割から二割の流人を送り込むようになったのです。

お常が流された時、御蔵島には流人小屋が五、六軒あって、五人の流人が居たと伝えらえます。伊豆七島の流人には凶悪犯が多く、御蔵島の流人にも島の乗っ取りを企てた者や名主を殺した者がいたので、島民は用心していましたが、流人の中には島の独立を助けた島の恩人もいたのです。

御蔵島は黒潮に洗われて江戸との往来が出来ず、江戸との連絡は三宅島経由で行なわれていましたが、貞享《じょうきょう》三年（一六八六）、事務手続が遅れることを理由に、三宅島の役人が御蔵島の印鑑を保管することになります。

すると三宅島は印鑑を使って御蔵島の柘植《つげ》や桑の木を借金の返済に充てるようになり、「百人越えたら油断するな」と敵対する勢力を懸念して、江戸から送られて来る扶持米《ふちまい》は百人分しか送って来ませんでした。

そのため御蔵島では結婚は長男のみとし、子どもも二人までと決めて三人以上になると間引きをして、島民は百人までとしました。

そんな島の窮状《きゅうじょう》を救ったのは流人でした。

三宅島に印鑑を預けた二十八年後の正徳《しょうとく》四年（一七一四）に、絵島事件に連座して七代将軍家継の奥医師の交竹院《こうちくいん》が流されてきます。

交竹院は家継の奥医師でしたから、島の食糧難に直面すると公儀に見届物の緩和を働きかけて、見届物の枠《わく》が大幅に緩和されたのです。

それを知ると島の神主は三宅島との関係を説明して、交竹院に江戸へ行く船を持つことをすすめられ、十一年後の享保《きょうほう》十年（一七三五）に利島から稲根丸《いなねまる》を購入します。すると交竹院は江戸城の侍医桂川甫筑《かつらがわほちく》に御蔵島の直勅《ちょっきん》の願いを幕府に取り継ぐよう頼むのです。

そんな時流されて来たのが、お常でした。

お常は江戸の材木商の三代目の当主で、お常の娘婿は港に近い南新堀町の町役人というので、江戸に不案内の島の神主は喜びました。桂川甫筑に直勅願いの取り継ぎを頼むにしても、江戸に柘植《つげ》や桑を売るにしても、江戸言葉や江戸の作法は必要です。

お常は見届物が多く、米二十俵に麦五俵、金子二十両のほか日用品のカマスが十個もあったので、流人小屋ではなく、小さな庭付きの家を借りて水汲み女（女中）を雇い、島民に読み書きを教えたり、神主や村長や流人の希望者を招いて、月見やお茶の会や発句の会をしました。

お常には見届物が多かったけれど、流人はみんな貧しくて、サクユリの花の宴の初句には、流人のお佳代が詠んだ――笹屋のお佳代は花より団子――という俳句が伝わっています。

私は原生林やサクユリの山道やカツオドリの巣穴を見せてもらった後、

「ボロ沢へ連れて行って下さい」

と、栗本先生にお願いしました。

ボロ沢は、お常がソーメン流しを教えたという谷川です。

「どのくらい歩きますか」ときくと、

「三十分もあれば着きます」と、栗本先生はこたえます。

でもボロ沢は今は水が涸《か》れて訪れる人はなく、山の断崖に沿った山道はくずれていて、断崖の草の根につかまりながら、一歩一歩と谷へ向って下るのです。

少し歩くと冷や汗が出て、意識がもうろうとして私は動けなくなりました。

「どうしました？」

栗本先生がふり返ってききます。

「もう限界です」

目を閉じたままこたえると、栗本先生は腰袋から冷水のボトルを取り出して、

「これを飲んで下さい」と言います。

私は目を閉じたままお礼を言ってボトルの水を一気に飲み干すと、十分もしないうちに目がさめました。

その頃はまだ熱中症の言葉はなかったのですが、水不足による熱中症の症状だったのです。

「ああ生き返りました。これは命の水ですね」

私が飲み干したボトルを返すと、栗本先生は自信たっぷりに言いました。

「これは原生林から湧き出した水です。ボロ沢も昔はこんな水がとうとうと流れる谷川だったときい

ております。伊豆七島で湧き水があるのはこの島だけで、他の島は雨水を貯めて使っているのです」

栗本先生はそう言って、ボロ沢に着くと水の説明をしてくれました。

「ボロ沢は今水が涸れていますが、御山からは幾筋もの沢が流れ、川田や川口の沢は水量が豊富なので、源水《げんすい》と銘打って販売を始めようという計画があります」

「なら源水は命の水です。お常さんも源水のおかげで生きのびて帰国出来たのですね」

「そうです」

栗本先生はうれしそうにこたえました。

流人は棄民ですから終身刑が原則でした。しかしお常は家康公の百二十年忌の特赦で十八年ぶりに江戸へ戻り、姉娘の嫁ぎ先の増川八兵衛の家に身を寄せます。

私の取材によると、江戸へ戻ったお常はまずは髪を下ろして貞寿院《じょうじゅいん》という尼僧になり、毎月十日には深川の霊巌寺《れいがんじ》へお詣りに出かけます。霊巌寺には島の直勅を願って江戸へ渡り、五月十日にはやり病で病死した神主のお墓があったのです。

それから、貞寿院は、芝の増上寺の境内にある常照院《じょうしょういん》の一つ墓にお詣りします。

一つ墓の正面には江戸払いになった夫の庄三郎とお常の戒名を刻み、右の側面にはお熊と娘のみゆき、そして墓石（お常）の裏面には白子屋騒動で処刑された下女の菊、手代の忠八、女中のお久の戒名が刻まれています。

江戸に戻ったお常は尼になり、白子屋一族の一つ墓をつくり、ばらばらになった一族を集めて、三年後に死去します。

死ぬまで年に一度御蔵島からやって来る稲根丸にお常はお礼として、高価で長持ちのする空豆を言付けたのでした。

一つ墓は戦災を受けて、半分に欠けていますが、今も常照院に残っています。

私がお詣りしたことを報告すると、栗本先生たちがお詣りに来たので、私はお土産に富貴豆をあげました。

栗本一郎先生はやさしくて『白子屋お常』の本が上梓されると、アシタバやサクユリの球根や命の水の他、タカべや金目鯛などを送ってくれます。それでサクユリの花が咲くと、私は知人や友人を招いて、命の水の水わりで乾杯をします。それは小石家の夏の大事な行事となっています。

第３章

# 男女平等・人間平等

# 生涯の師

品川のプリンスホテルで杉田嘉宣《よしのぶ》先生にお会いしたのは、私が還暦《かんれき》を迎えた夏の初めのことでした。杉田先生は中学二年の時の担任で、先生には社会科と映画を教わりました。先生との再会は、中学時代の友人で、卒業後も文通をつづけてきたという平尾順子さんのお誘いがきっかけでした。

順子さんの話によると先生は市立中学から県立高校の先生になり、校長をつとめた後、国立高専の講師を頼まれて、その年の春、七十七才で退職されたとのことでした。それで高校で地理と映画を教わったという友人の佐々木洋子さんもご一緒でした。

私は四十数年ぶりの再会でしたが、先生はリーゼントの前髪が霜をいただく白髪になったということ以外にお変わりはなく、私たち三人は結婚して名前がかわっていたので、まず自己紹介から始めました。

するとと先生はひとりひとりにうなずかれて、うれしそうに話しかけてきました。

「君たちは小沢さんと同じ学年だったよね」

「はい。小沢さんはピアノが上手で、たしか作文コンクールにも入賞しました」

順子さんがこたえると、先生は口唇に力をこめて笑顔で言いました。

「その小沢さんが京都新聞に、ぼくの講義のことを書いてくれましたよ」

「ええっ？　京都新聞にですか？」

順子さんがきき返して、三人は顔を見合せてうなずきました。

小沢るみ子さんは県立病院の院長さんのひとり娘で、戦争が終って市内の焼跡にようやく家が建ち始めたころ、もうピアノを習っていて、戦災を免れた市の教育会館で開かれる音楽会には、必ず出演していたのです。

そんなピアニストの小沢さんが、杉田先生の講義のエッセイを京都新聞に寄稿したというのです。

「もう三、四十年も前のことだけれど、中学校で教わったボクの講義が忘れられないという思い出のエッセイですよ」

先生の口許から喜びの笑みがこぼれます。

「小沢さんは、今京都に住んでいるのですか」

私がきくと、杉田先生はあらたまった声で、

「そう、小沢さんから新聞と手紙をもらったけど、彼女は京都女子大を出て、京大の先生と結婚して、今は作家をめざしているらしいよ」

とこたえて、背筋をのばしました。

「どんな小説を書いているのですか」

佐々木さんが身を乗り出してききます。

「まだ本は見たことがないけど、そのうちに話題作を書くんじゃないかねえ」と先生。

すると佐々木さんはちらっと私を見て言いました。

「先生、ここにいる小石さんは、もう何冊も本を出していますよ」

「ええ？　君が作家になったの？」

先生はそう言って、改まった声でききます。

「どんな本を書いているのですか？」

「女性史と流人史です」

私がさりげなくこたえると、先生は首を傾げます。

「女性史は分るけど、流人史は島流しの罪人の歴史でしょう？　なぜ流人史を書いたのですか」

「理由は流人史も女性史と同じで、正史に書かれてないので、私の仕事だと思って取材をして書きました」

私の答えをきくと、先生は天井を見上げて思い出の頁をめくり、目を戻して口をすぼめて言いました。

「あなたは勉強はできたけど、昏《くら》い子だったよねえ」

「はい。欲求不満だったんです」

私は口唇をとがらせて笑いながら抗議します。

「私は八人兄弟の第五子の四女で、五女の妹が年子で生まれたので、おばあさんに育てられて、母に抱かれた記憶がありません」

「そうだったんだ。あんたたちは『産めよ増やせよ』の時代の戦時中の子どもで、男第一主義だったから、女の子は不幸だったんだね」

「そうです。私は不幸なはずれっ子でしたが、今思えばはずれっ子だったから、男女平等をテーマにして女性史を書くことが出来たし、人間平等をテーマにした流人史にも手を染めることが出来たのです。それを思えば神に感謝です」

私が笑顔で答えると、

「ほう。それにしても、男女平等と人間平等がテーマとはすごいなあ。だとすると小沢さんには作家は無理かな?」

先生は首を振ります。

「そうです。小沢さんはお医者さんの令嬢で、戦後の食べ物がない時に小沢さんはピアノを弾いて洋食を食べていたのです」

「ピアノと洋食ですか?」

先生はそう聞き返して真顔になりましたが、私には忘れられない苦い思い出がありました。

それは中学三年の一学期のことでした。

「桜井先生の息子さんが英語の塾を始めるというのだけれど、行ってみてはどう？」

とお母さんにすすめられたのです。

桜井先生はお兄ちゃんの英語の家庭教師だったので、お届物のお使いをした時に、息子さんに会ったことがありました。中肉中背で、誰にでも笑顔を惜しまない気さくな青年だったし、私は英語が苦手だったので、塾に行くことにしました。

桜井先生の家はデパートの裏手にあって、デパートと共に戦災を免れた古い門構えの平屋でした。

玄関脇の洋間に長方形のテーブルを中にして、二人掛けの長椅子が向い合って置かれていて、私が通された時、長椅子には男の子が一人坐っていました。

「佐藤くん！」

私が驚いて声を上げると、

「友達ですか」と桜井先生がたずねます。

すると佐藤くんが笑顔で
「同級生です」とこたえました。

「そうだったのか！」

先生は驚いて笑いましたが、私もびっくりしました。

佐藤くんは学校でも同じ組だし、家も私の家と同じ国道沿いに建つ産婦人科の御曹子です。お父さんはウィーンに留学して医者になり、お母さんは鎌倉の旧家の娘という噂でした。

戦時中、戦火を避けてお父さんの実家のある大野郡の山村に疎開し、佐藤くんが六年生の時に病院を建てて引越してきたのです。

病院は白いコンクリート造りで、裏に芝生の庭をはさんで二階建の住宅があって、いつもピアノがきこえていましたし、お母さんはモダンな女性で、中年の女性の外出着がまだ和服だったその頃、洋服に革靴という洋装で出かけていました。

同じ国道に面していても私の家はまだ戦災住宅でした。

戦災で焼けた家は、お父さんが河原内の実家の山から切り出した節目のない総ヒノキ造りで、誰がどこにいるのか分からないくらいに広い家でした。

しかし戦後は新しい町づくりのために敷地の半分は国道に取られ、ふた角あった土地はひと角に減らされて、そこに店舗と倉庫と住宅を建てねばなりませんでした。しかも戦災住宅は二十坪の平家と決められていたので、二百坪のうち、国道に面した五十坪は店舗のために残して、後ろの百五十坪に二十坪の平家と倉庫と事務所を兼ねた細長い二階建てを造っていました。

二十坪の戦災住宅は、六帖の間が四つに台所とお風呂とトイレだけの家でした。

その時、一番上の松子姉さんは結婚をして家を出ていて、お兄さんは事務所の三階で寝起きをしていたのですが、四つの部屋の一つは仏間兼客間で、もう一つは居間だったので、後の一つに父と母と二人の弟が寝て、四つ目の六帖が竹子と梅子と私とトメちゃんの四人姉妹の部屋でした。

部屋が狭いので出窓の前に細長い坐り机、そして机の上にスタンドが二台置いてありました。

だからカバンや本は出窓に置いて、勉強が終るとスタンドの電気を消して押し入れから布団を取り出して、四枚並べて四人姉妹は眠りました。

同じ国道に面していても、佐藤くんの家とは天国と地獄ほどの違いがあったので、私は家の近くでは佐藤くんに会わないように用心していました。

だけどその日、佐藤くんはいつもの笑顔で「よろしく」と挨拶をしました。

それで私も「よろしく」と言って長椅子に腰を下したのですが、その時玄関で「ごめん下さいませ」とませた女の子の声がして、先生に迎えられて入って来たのが小沢さんでした。

「小沢さん！」

私が驚いて立ち上ると、「あら藤宮さんもご一緒？」と言って小沢さんは小首を傾げてほほえみました。そして先生に挨拶をすると、先生は私の隣の席をすすめて、笑顔で言ったのです。

「先日はご馳走さまでした。お宅は洋食なので驚きました。私はまだフォークとナイフが不調法でお恥しいかぎりです」

「そんなことありませんわ……」

小沢さんは大人びた口調でこたえましたが、私はまた月とスッポンのような落差を感じて心が冷えました。

その時私の家は九人家族で、毎日の食事に困っていました。お米はまだ配給で河原内からお米を運ぶことは許されなかったので、朝と昼は御飯ですが、夕飯は代用食で洋食など考えたこともありませんでした。

桜井先生は小沢さんが椅子にかけると三人にリーダーを配って読み始めました。

リーダーの内容は体の大きなアメリカ人が飛行機に乗るために二人分の座席の切符を買ったのに、座席が離れていたので、坐ることが出来なかったというエッセイでした。

その日は初めてだったので、授業はそれだけで終りましたが、私はがっかりしました。

塾というから五六人は集まって楽しく学べるだろうと思っていたのに、そうではなかったのです。

生徒は三人で、裕福な二人の学友に挟まれた私は、黄色いあひるの子に囲まれた、みじめなみにくいあひるの子でした。

それでも私はみにくいあひるの子が白鳥になるお話を信じていたし、童話を書きたいという秘密の夢があったので、くじけませんでした。

私は作文コンクールには応募しませんでしたが、作文は二度も大分合同新聞の子供新聞に載りましたし、「生活発表会」に出場したこともありました。そして中学生になると国語の先生が私の作文をみて「文芸部」にお入りなさいとすすめてくださったのですが、私は童話を書きたかったので、文芸部には入りませんでした。と言ってもそのころの大分には童話作家もいなかったし、サークルもなかったので、私は一人で童話作家になる夢をあたためていたのです。

私は英語教室が重荷でしたが、辞めるとも言えず我慢していたところ、ひと月後、先生は別府の米軍キャンプにつとめることになって教室を閉鎖しました。

私がかわいいあひるの子だった佐藤くんと小沢さんを思い出していると、その思いが通じたのか、杉田先生が誇らしげな声で言いました。

「そうそう、同じ学年の佐藤くんはＩＣＵからウィーンへ留学してあちらで医者になってるよ」

佐藤くんは卒業後も杉田先生と通じていたのです。たぶん先生の講義が忘れられず、ずっとつながっていたのでしょうが、私は佐藤くんが医者になったことを知ってやっぱりと思いました。

桜井先生の塾では小沢さんと同じかわいいあひるの子と思っていたのですが、両親の離婚に悩みにくいあひるの子だったのです。

二学期の終りに両親の離婚は成立して、佐藤くんはお母さんについて鎌倉に移り、ＩＣＵに進学してウィーンへ留学し、お父さんと同じ医者になったのです。

大分のお父さんが再婚した相手は、大野郡出身の未亡人で、お父さんが未亡人と親しくなったので、お母さんは鎌倉へ帰った、と近所の人たちは噂していました。

私は神さまはいたと思いました。

私が作家になれたのも、佐藤くんが医者になれたのも、みにくいあひるの子を白鳥にする神さまの愛の証しだと思いました。

小沢さんは黄色いあひるの子から、やさしいあひるのお母さんになり、子どもが中学生になったので、杉田先生の講義を思い出したのではないでしょうか。

それでも作家志望だというので、小沢さんのことを知りたくて、杉田先生にきいてみました。

「私が本を出すと、大分合同新聞は書評を書いて紹介をしてくれるので、小沢さんが本を書けば、新聞に書評が出ると思うのです。ただ出版界は男社会だから、女の本は売れないと言ってなかなか出版してくれません」

私は自分の苦労をふり返って先生のこたえを待ちました。

「そう言えば小沢さんの新しい名前も教わっているけれど、新聞に書評が出ないから、まだかもしれませんねえ。それであなたはどんな本を出しているのですか」

杉田先生はまだ怪しむような目ざしで私を見ます。

それで私は笑顔でこたえました。

「『人物日本の女性史100話』と『流人100話』という百話シリーズを二冊書いた後、『豊後の王妃イザベル』という歴史小説を書きました」

「え、『豊後の王妃イザベル』なら読みましたよ。書評も見ましたが、名前が小石さんだったので、まさかあなたの作品だとは思いませんでしたよ。でもあの作品はよく書けていましたねえ」

「ありがとうございます」

「私は宗麟とキリスト教に興味があって、宗麟の本はほとんど読んでいます。杉田家の先祖は宗麟の重臣でキリシタンだったというので調べて、人間は神の前ではみな平等というキリスト教の人間平等の教えに心を打たれました」

「私は青山学院でキリスト教の人間平等を教わり、私は第五子の四女のはずれっ子だったので、男女平等をテーマにして女性史を書くようになったのです」

「日本は仏教と儒教の男尊女卑が染みついた国で、戦後の憲法は男女同権をうたい天皇を国の象徴としながら、天皇は伝統の男系男子と言って女性天皇は容認しない。天皇が文化遺産ならば、伝統でもよいのですが、国民の象徴だから女性天皇は容認すべきだと思います」

するとと順子さんが言いました。

「人間平等は先生の講義や映画でよくよく教えていただきました」

「そうでした」

私も同意しました。

「小沢さんは新聞に書いて下さったそうですが、私も先生のすばらしい講義は忘れられません。二年生の授業は日本国憲法の前文の暗誦から始まり、授業はオリジナルの講義で教科書を読むことは夏休みの宿題でした」

つき合いの長い順子さんが話を戻しました。

## すばらしい講義

「講義を覚えていてくれたとは、ありがたいね」

杉田先生はにこやかな笑顔でこたえます。

「私も覚えています」

と言うと、

「高校の地理の授業も覚えています」

と佐々木さんがつづけました。

中学二年の授業は日本国憲法の暗誦につづいて福沢諭吉の「学問のススメ」の講義から始まりました。先生は黒板の左上に「講義」と書いて話し始めたのです。

「福沢諭吉は豊後（大分）の中津出身の思想家で、慶応大学の創立者です。諭吉は日本が世界へ乗り出した幕末の最初の船でアメリカやヨーロッパを見て書いた『学問のススメ』に――天は人の上に人をつくらず、人の下に人をつくらずと言えり――と述べています」

杉田先生は、この言葉を黒板に書いて説明をしました。

「人間は上も下もなくみんな平等です。なら貧しい者やおろかな者がいるのはなぜかというと、それは勉強をしないからだ、と福沢諭吉は説くのです。つまり人間には学問が一番大切だ、と教えるのです」

そして私が一番感銘を受けたのは先生が語った一文でした。

――そもそも世に生きている者は男も人なり女も人なり、この世に欠くべからざる用をなすところをもって言えば、天下に一日も男なかるべからず、また女なかるべからず――

「つまり諭吉は男女平等を唱えて、女も教育を受けるべきだと主張したので、明治五年の九月に義務教育令が発せられました」

そう言って先生は分り易く説明をしました。

「江戸時代の女性は『女大学』と『三従の教え』に縛られました。『女大学』は貝原益軒という儒学者の修身の本で――男は主君に仕えるけれど、女には主君がいないので、夫を天と思って敬いつつしんで夫に仕えなさい――と言うのです。そして『三従の教え』は仏教の教えで――幼い時は父に従い、嫁いでは夫に従い、老いては子に従え――と言うのです。でも福沢諭吉は女性も男性と同じ人間だから、男性と同じように教育を受けるべきだと言ったのです」

私はそれまで耳にしたことのない男女平等の教えに驚き、その時から社会科が大好きになり、杉田先生のファンになりました。

今思えば、杉田先生は男女平等を通して、人間平等を教えたかったのですが、私の男女平等のテーマはここから始まり、キリスト教に出会って動かぬものになったのです。

杉田先生は社会科の他に映画の先生でもありました。大分の小中学校には、市内にある映画館を借りて、教育映画を見せる映画教室がありました。それを始めたのが杉田先生で、先生は映画教室のほかに劇映画の推薦もしました。

私は先生の推薦映画はみんな見ましたが、邦画では『破戒《はかい》』、洋画では『楽聖ショパン』が忘れられません。

『破戒』は島崎藤村の原作で、被差別部落の青年丑松が身分を隠して小学校の先生になるのですが、丑松が慕っていた解放運動家が壮絶な死を遂げたため、丑松は素性を打ち明けてアメリカへ渡るという物語です。

日本は江戸時代に士農工商穢多非人《えたひにん》という身分制度があって、穢多非人は被差別部落に住んで、部落民とよばれていました。

明治四年に明治新政府は太政官布告として、身分制度を廃止して四民平等としたけれど、穢多非人は被差別部落に住んでいたので、部落民とよばれて蔑視されたのです。

　私は『破戒』では日本に被差別部落があることを知りましたし、『楽聖ショパン』ではショパンの美しいピアノ曲に感動し、母国ポーランドの解放運動に心身を痛めながら、フランスで作曲活動をつづけるショパンに深く同情しました。そしてピアノが弾ける小沢さんや佐藤くんを羨ましく思ったものでした。

　こうして映画好きになったこともあって私は親がすすめる見合いを断り、反対を押し切って映画会社に勤める次彦と結婚したのです。

　そのことを先生に報告すると、

「ほんとですか。うれしいねえ」

　と先生は目を丸くして喜んだので、私は先生にほめられた気がしてつづけました。

「映画は総合芸術だから会社には文化人が多いのです。童話の出版社の紹介をしてもらったり、女性史を書くようにすすめていただいたりして、今の私があるのです」

「そうだったのですか。映画人はやさしいから」

　先生はそう言ってうなずきました。

# 四本の指

「中学時代で忘れられない事といえば、先生の講義と映画教室と秋の努力遠足です」

順子さんの言葉に杉田先生の頬がぴくんと動いて、口もとの笑みが消えました。

私たちの中学校には一年に一度四十キロを歩く遠足があって、努力遠足とよばれていましたが、杉田先生にとっても私にとっても、二年生の努力遠足には忘れられない思い出がありました。

その年のコースは県南の幸崎から佐賀関《さがのせき》までの海沿いの四十キロで、一人で歩いてもよいし、仲良しグループで歩いてもよかったので、私はクラスで一番おませな公世のグループに入って歩きました。ところが途中でグループの一人の橋本さんが足が痛いと言って遅れ、後から歩いて来た杉田先生と一緒に歩くようになりました。

先生は日中戦争で中国に出征して踵《かかと》をやられて速く歩けなかったので、橋本さんと後ろから、ゆっくり歩いてきました。

私たちのグループが途中でトイレを済ませていると、後方から歩いてくる二人の姿が見えました。

「橋本さんと先生はお似合やわ。結婚すればいいのに……」

グループの中で一番小さくて無邪気な照代が嫉妬します。

するとおませな公世が「でも先生はこれやけん、普通の人とは結婚はできん」と言って四本指を出しました。

「四本指って何？」

照代が公世の前にとび出して、四本指を出してたずねます。

「四つのことよ」

公世は声をひそめて教えたのですが、私たちは声をそろえてきき返しました。

「四つって何？」

その時、先生と橋本さんが近づいてきたので、公世は口の前に人さし指を立てて「しっ」と言ったけれど、先生は察したらしく、だまって通り過ぎて行きました。

それで、もう公世には聞くことが出来なかったので、私は家に帰ってお母さんにたずねました。

するとお母さんは、

「四つとは四本足の動物を殺す仕事をしている人のことよ」とこたえました。

「ならどうしてふつうの人と結婚が出来ないの？」

「それはむずかしい話だけど、仏教では生き物を殺すことを殺生《せっしょう》と言って禁じていて、殺生をすると手や足の不自由な子が生まれるというの。結婚をする時に一番に家柄《いえがら》を調べるのはそのためよ」

「公世ちゃんが杉田先生は四つだと言ったけれど本当かしら？」

「大野郡の山の中に杉田牧場というのがあって、牛や豚をたくさん飼っていると聞くから杉田先生はたぶんその一族でしょう」

「でも先生のお父さんは小学校の校長先生だったから、杉田先生も教師になったと言ってたよ」

「そう。昔は小学校の先生まではなれたけど、今は中学校の先生にもなれるのかしら……」

順子さんの話によると、杉田先生ははじめは小学校の先生になったけど、一年目に召集されて中国戦線に送られて踵《かかと》に銃弾を受けて、広島の陸軍病院に送られたそうです。それで戦後、広島の高等師範で勉強して、中学校の社会科の先生になったということでした。

しかし中学校の先生にはなれたけれど、結婚はなかなかできませんでした。

年下の若い先生が結婚しても、杉田先生だけはずっと独身でした。そのため努力遠足の公世の発言が、生徒の間だけでなく父兄の間でもささやかれるようになって、先生は昏《くら》い顔をしていましたが、三年生の最初の社会科の講義の前に、先生は結婚の報告をしました。

「私は春休みに結婚相談所で見合いをして、結婚をしました。妻は軍人の娘で、お父さんが戦死をしたので世話をしてくれる人がなく、ボクと出会って結婚をしたのです」

その日の先生はめずらしく声が高ぶっていました。

先生の報告はその日のうちに教え子の口から家庭に伝わり、私もほっとしてお母さんに話しました。

「結婚相談所で見合をしたの。やっぱりねえー」

お母さんは声を落してうなずきました。

でも杉田先生は明るくなって講義はますます充実し、講義は教育委員会に認められて、私たちの高校の先生になり、高校の校長をつとめて退職すると国立高専に招かれます。そして七十七才で退職して今は映画の評論を新聞のコラム欄に書いているとのことでした。

十二時になって注文の食事が運ばれてくると、先生は二人の娘さんの話をされました。

上の娘さんは医者と結婚して東京に居り、下の娘さんは中国に留学しているとのことでした。

その年は退職した翌年だったので、先生は高校の修学旅行のオブザーバーとして上京したのですが、上の娘さんと家族に会うのが目的だったにちがいありません。

先生の話によると最初の妻は二人の娘さんを残して亡くなり、今は後妻と暮らしていて一週間に二度、二百坪の庭の芝生の草刈りをして映画評論を書いているが、教え子から映画の評論集の出版をすすめられて困っているとのことでした。

それで私は言いました。

「先生にはよい映画をたくさん見せていただきました。ぜひ評論集を上梓してください。私もこれから書いた本は先生に送らせてもらいます。評論集を待ってます」

すると先生は

「考えてみます」

と言ってプリンスホテルの食事会は終りました。

## 先生と私

私は翌年の一九九七年に『天照らす、持統』、そして二〇〇〇年に『葵《あおい》の帝』。さらに二〇〇二年に『元明天皇』と二年おきに刊行した三冊の女帝の本を先生に送りました。

すると本が届くたびに——今読み終えました——という書き出しで、感想を書いたハガキをいただきました。そして四冊目の『法体《ほったい》の女帝』を送った時には、ハガキの終りに、『私の中の20世紀の残像』を上梓したという一文が書き添えてあり、それから二年後、私は『私の中の20世紀の外国映画』という評論集をいただきました。

そしてさらに二年後の二〇〇八年、私が『流人望東尼』という歴史小説を送ると、先生から『私の中の20世紀の日本映画』という評論集が贈られてきました。

『私の中の20世紀の外国映画』では、八十六本の外国映画の評論に合せて世界の歴史を詳しく語り、『私の中の20世紀の日本映画』では、九十七編の映画の評論と、当時の日本の社会状況が分り易く説明されていて、編集後記には微笑ましい一文がありました。

その一文とは、小津安二郎の映画に出て来る紀子が先妻にそっくりなので、教え子の神奈川新聞の記者に紀子の住所を調べて欲しい、と頼んだというのです。結婚相談所で出会った先妻への厚い想いが身に染みて、私は胸が熱くなりました。

私は先生がプリンスホテルで「私はキリスト教が好きです。私の先祖は大友宗麟の重臣でクリスチャンだったという伝えもあります」と言われた言葉を思い出し、先生の無念をはらすためにパソコンで杉田一族の歴史を調べてみました。

すると杉田家の先祖の鎮忠《しずただ》は大友家の重臣で出戻りの宗麟の長女を継室に迎えていて、宗麟が入信すると鎮忠夫婦も入信します。

しかし豊後が島津に攻められた時、鎮忠は島津に寝返ったとざん言されて所領を没収されます。

そのため長崎へ逃れるのですが、キリシタンの禁令が出ると長崎に住めなくなり、豊後の岡城主志《し》賀《が》親次《ちかよし》を頼って戻って来ます。親次はキリシタンで鎮忠の婿養子だったので、鎮忠一族を迎え入れ、関ケ原の合戦後、岡城主となった中川秀成もキリシタンだったので、大野郡の山中に肉牛や豚を飼育する牧場を開いたものと思われます。

キリスト教では、牛や豚や鳥や魚は人間が生きるための食べ物として神から与えられたもの、と教えます。だから長崎の西洋人の常食は肉食でしたし、長崎の中国人も肉を食べました。

日本は江戸時代に仏教を国教としたため、肉牛や豚を育てる畜産業は殺生と言って、身分は士農工商の下の穢多《えた》とされて蔑《さげす》まれました。

ネットに杉田牧場の地図と電話番号が大きく書いてあったので、牧場がいつ頃出来たものか知りたくて、私は電話をしました。しかし電話はプッンと切れました。近くの役場に問い合わせると、「事情があっておこたえできません」という返事。どんな事情があるのか知りたくて、歴史の資料館に電話をしましたが、そちらも答えは同じでした。肉食が常食となっている今でも仏教王国の大分では、畜産業は人間関係にひびくようです。

杉田先生は被差別問題に触れることはせず、社会科の地理の講義で広い世界を教え、深い人間性を悟らせるために映画を教えていたのです。

先生は私の男女平等、人間平等のテーマを支援してくださり、それまでハガキだったのに、三冊目の評論集が完成すると、二〇一〇年に送った歴史小説『あんご愛加那』には、パソコン打ちのB５の手紙三枚が送られて来ました。

手紙は――これまでいただいたあなたの本の中でもっとも読みごたえがありました――という文章で始まり、私が関心を持つ幕末維新を埋めてくれたのが『流人望東尼』とこの『あんご愛加那』でした。井波律子さんの『中国の五大小説』を読み、これに触発されて『三国志』を再読していたのですが、『あんご愛加那』にすっかり興味を奪われてしまいました。

西郷の島妻は知っていましたが、あんな悲劇が存在したことは想像しませんでした。そして西郷のことや子どもたちのことや愛加那の事を細かく書いてあって涙が止まりませんでした。ただ私は地理の教師だから奄美大島や徳之島の地図が欲しかったです——という注文も書かれていました。

そして二〇一二年に送った『白子屋お常——御蔵島流人伝』の感想は、Ａ４三枚のパソコン打ちによる手紙でした。それには日支戦争に従軍して迫撃弾で右足の踵《かかと》を粉砕したが、ほとんど痛みを感じることなく、その場で破片を抜き取って帰国し、十カ月後に退院したという書き出しで、大小の戦闘で何人もの戦友を失ったことや、入隊前にきいていた「天皇の軍隊」とは全く違った陸軍の実態を知って、絶対に勝てないと確信した、という戦争に対する憤りが書かれていたのです。

そして最後に、『白子屋お常』を一気に読ませてもらいました。御蔵島の取材はたいへんご苦労されたと思いますが、映画にして欲しい。江戸の白子屋事件を詳しく描いて、御蔵島の生活にカットバックしたら、重篤な社会派ドラマになりそうです。流人と島民の対立、大神主を頂点とした素朴な社会と自然風俗を描いたら、今にない厳しくも善い作品が生まれそうです、とありました。

この手紙で、先生は社会科だけでなく映画の先生の顔も見せてくださったのです。

その手紙には最後に二〇一二・一一・一六日という日付がありました。先生はもう九十一才でした。

私はその時、内藤ジュリヤの本をお送りしたら、先生はどんなお手紙を下さるだろうかと思いました。

内藤ジュリヤは戦国時代に一夫多妻に苦しむ高貴の女性のために日本に初めてキリスト教の女子修道院を創設してキリスト教で悩める女性を救済し、禁教会に屈せず、マニラに流されてキリスト教を広めた女性です。

『流人100話』で出会ってどうしても紹介しなければならない女性だと思っていました。

杉田先生はもちろん、『宗麟の妻』を書いて怒らせた下野社長へも恩返しが出来ると思いました。

百人シリーズを二冊も出してもらったのに、その後立風書房は倒産し、社員が始めた会社の創立の宴会で出会った下野社長は、体が子どものように小さくなっていて、

「今度は本を出してあげるからね」

と耳許でささやいたのでした。

小さくなった下野社長は敬けんなクリスチャンだから内藤ジュリヤの本は大喜びしてくださるはずです。

「さあ書こう。おそくならないうちに――」

私はすぐに取材に取りかかりました。

## ひと粒の麦

「間に合わなかった」

その年の十一月に届いたハガキを見て私は肩を落としました。

それは、杉田先生が二月に九十二才の生涯を閉じた、という奥さまからの死亡通知だったのです。私は『内藤ジュリヤの生涯』を先生に読んでいただきたくて、ようやく取材を終えて書き始めたところでした。

内藤ジュリヤは、高山右近と共にキリスト教の棄教を拒否して、マニラへ流された内藤如安《ジョアン》の妹です。

ジュリヤは丹波二十万石の八木城城主内藤源左衛門《げんざえもん》の娘で、兄の忠俊《ただとし》は十三才の時に、家督を継ぎますが、十四才の時にキリスト教に入信して霊名を如安と言いました。

如安は信長が将軍足利義昭と対立すると将軍に従い、二十五才の時に八木城は明智光秀に攻められて落城し、内藤家は亡びます。

如安は将軍に仕えますが、その後キリシタン大名の小西行長の配下となり、行長が関ケ原の合戦に敗れて処刑されると、高山右近の口利きで加賀百万石の前田家の食客となるのです。

ジュリヤは如安が十六才の時に生まれたただ一人の妹で、長じて身分の高い家に嫁ぐのですが、二十二才の時に夫に先立たれて出家し、庵を結んで十数年間菩提《ぼだい》を弔うのです。でも仏教に疑念を抱き、四十二才の時にキリスト教に入信して、ジュリヤというキリシタンになりました。

戦国時代の女性のキリシタンと言えば、細川ガラシャが有名ですが、公家や大名や大奥の女性には一夫多妻に苦しむ夫人が多く、一夫多妻を認めず、離婚も許さないキリスト教を求める女性がたくさんいたのです。

そして夫人たちは夫以外の男性と会うことも禁じられていたため、ジュリヤが宣教師の代理をつとめて洗礼を行うようになります。

ジュリヤが最初に洗礼を行った女性は、加賀百万石の前田利家の三女で、賤《しず》ケ岳《たけ》の合戦後、秀吉の側室とされた麻阿姫《まあひめ》でした。

麻阿姫は後に公家の万里小路充房《までのこうじあつふさ》と結婚して懐妊すると、キリスト教に出産のぶじの祈祷を願い、男子が生まれたので入信したのです。

しかし公家は神道だから棄教を迫ると、麻阿姫は子を連れて前田家に帰ったので、充房は幕府に訴えて、ジュリヤの探索命令が出されるのです。

そのためジュリヤは神父の指示で島原のキリシタン大名有馬晴信《ありまはるのぶ》に匿《かくま》われて、一年後、北政所の口添えで丹波に戻り、麻阿姫の妹の豪姫《ごうひめ》の受洗の代行をつとめます。

豪姫は豊臣家の養女で、夫の宇喜多秀家が関ケ原の合戦に敗れて八丈島に流されたため、マリヤというクリスチャンになって前田家に帰るのです。

そのころ加賀百万石の前田家は一向宗《いっこうしゅう》の対策に苦慮し、金沢に高山右近と内藤如安を招いて布教を許していたので、金沢はキリスト教の中心地となっていました。

一夫多妻に悩む公家や大名家の夫人や戦争未亡人など、キリスト教の入信を望む夫人はたくさんいました。でも、当時日本で布教していたイエズス会には女子修道会がなかったので、ジュリヤは京都のイエズス会の男子の修道会の隣りに、「都《みやこ》のベアタス」という女子修道会を創設します。

ベアタスとはスペイン語で修道する人という意味で、「都のベアタス」は日本で最初の女子修道院でした。ジュリヤは都のベアタスで十四人のベアタスと修行生活を始めるのですが、天下取りをめざす家康は、キリシタンが大坂城の豊臣秀頼に味方することを恐れて禁教令を発し、高山右近と内藤如安は棄教を拒んでマニラへ流されることになります。

この時、ジュリヤと十四人のベアタスも棄教を拒否して、右近や如安と共にマニラへ送られます。

マニラでもジュリヤはベアタス会を維持し、布教して十二年後に帰天しますが、その後は会員が二代目三代目の院長をつとめて十四人が帰天すると、三十年後にフィリピン人の女子修道院が誕生したと伝えられます。

取材はジュリヤが生まれ育った京都府南丹市《なんたんし》の八木《やぎ》から始まり、京都市内の四条坊門通の南蛮寺跡をたずねます。そしてまずは山陰線で南丹市へ向いました。

内藤氏の本城は京都市の西側の南丹市にある八木城という山城ですが、南丹市の郷土史家は老齢のため取材が出来ず、困っていたところ、八木城の麓の龍興寺《りゅうこうじ》のご住職の広瀬俊道さんが「郷土のことなら私が案内をさせてもらいます」と取材を引き受けてくれました。

龍興寺は内藤家の菩提寺《ぼだいじ》の禅寺ですから「城を捨ててキリシタンになった城主の取材なのに恐縮で

す」と挨拶すると、「仏教もキリスト教も神は同じです」とご住職は言われて、その日は車で八木駅まで出迎えて城下の遺跡の案内が終ると龍興寺の本堂で茶菓の接待を受けました。そして、その後も電話で丹波の歴史を教えていただいたのです。

戦国時代の丹波は細川家の所領だったので、仏教は禅宗のみということも分り、ジュリヤが入信した浄土宗のことは京都の知恩院に問い合わせましたが、戦国時代のことは不明という返事でした。戦国時代の京都は混乱していたのです。

京都の次にたずねたのは長崎でした。

ジュリヤが乗せられた流人船は長崎港ではなく、西隣りの福田港から出港したので、郷土史家の林さんをたずねたのですが林さんは亡くなられていて、未亡人のチヤ子夫人が車を走らせて福田だけでなく、ジュリヤが歩いた長崎一帯の案内をしてくれました。

チヤ子夫人のご厚意で長崎の取材を終えると次は金沢です。

加賀百万石の前田家の三女と四女は、ジュリヤが神父の代行をつとめて洗礼を授けた麻阿姫と豪姫です。受洗してマリヤとなった豪姫は、八丈島に流された夫と二人の息子を見送ると前田家に戻り、金沢の西町に家を建ててもらうのですが、家が出来るまで七尾《ななお》の本行寺《ほんぎょうじ》の下《しも》屋敷に住んでいたのです。

七尾は前田家の食客となった高山右近の所領で、本行寺の下屋敷に右近は修道所を創設していました。

修道所は家康が禁教令を発すると、棄教を拒んだ高貴の夫人が一代蟄居《いちだいちっきょ》を許されて住んだので、本堂と下屋敷の間には、一代蟄居を終えた夫人たちが眠る墓地があります。

また本堂には、高山右近が布教に使ったという茶室が今も健在です。

本行寺は能登の七尾城主畠山義元が京都から招いた茶の湯の元祖円山梅雪《まるやまばいせつ》が、父母の菩提を弔うために創建した寺だったので、庫裏《くり》には茶室を設けたと伝えられていました。

そんな寺だったので、キリシタン禁令で修道所が壊されると遺品が本堂に運ばれ、一代蟄居の夫人たちが遺した所持品や道具と共に寺の押し入れや物置きに保管されたのです。そのため本行寺は法華宗の寺ですが、「隠れキリシタン寺」とか「寺ごと隠れキリシタン」などと呼ばれています。

本行寺の小崎学園《おざきがくえん》住職にはなかなか取材を許してもらえなかったのですが、金沢教会の木越邦子さんとのご縁を知ると取材に応じてくれました。木越さんは本行寺の復興の恩人だったからです。

約束の日、ご住職は見学者を断って門前で待ち受けてくださり、本堂から下屋敷と墓地の案内をして、右近が布教したという庫裏の茶室では、濃茶や薄茶に煎茶など三度もお茶をいただき、帰りは七尾駅まで車で送ってくれました。

その後私は歴史の旅で本行寺へ伺いましたが、三十人の参加者全員が茶室で茶の接待をしていただき、みなさん感謝感激でした。

こうして方々でたくさんの方のご好意に支えられて取材に一年を要し、いよいよ執筆という時に、先生の死亡通知が届いたのです。

でも内藤ジュリヤはどうしても書き遺しておかねばならない女性です。私は天国へのお土産にしようと心を決めて、ペンを執りました。

「タイトルは何にしようか」

その時、頭に浮かんだのが、ヨハネ伝にある〝ひと粒の麦〟の聖句でした。

ひと粒の麦死なずば　ただ一つにてあらん
もし死なば　多くの実を結ぶべし

(ひと粒の麦は死ななければ、ただひと粒の麦だけれど、地に落ちて死んだら、たくさんの芽が生えて豊かな実を結ぶだろう)という意味です。

この聖句は、自らの死を予感したイエスが人々に語った言葉だと伝えられますが、戦国時代の女性をキリスト教で救い、棄教を拒否してマニラへ流され、マニラでも布教をつづけて生涯を閉じた内藤ジュリヤは、まさしくひと粒の麦でした。

身分差別に苦しみ中学や高校や高専で、社会科と映画を通して杉田先生が教えた人間平等は、小沢さんが京都新聞に投稿し、卒業生が映画の評論集の執筆をすすめて伝え、私が女性史に書いているので、教え子によって広く世に伝えられるにちがいありません。とすると杉田先生もひと粒の麦です。

杉田先生への追悼の気持も籠《こ》めて、内藤ジュリヤの本の表題は「ひと粒の麦」に決めました。

こうしてタイトルが決ると、私はパソコンを打ち始めました。

しかし半年が過ぎた頃から腰が痛くなり、原稿が終りに差しかかった頃には、下半身が氷のように冷たくなり、「黄色靭帯骨《おうしょくじんたいこっ》化《か》症《しょう》」という難病におかされていることが判りました。

難病なので主治医は言いました。

「手術が成功するかどうかは分りませんし、運よく手術が成功しても七割がた車椅子生活になると思っていて下さい」

そこで私は打ち上げた原稿を作品社の髙木有編集長に送って頼みました。

「私が死んでも本にしてください。お願いします」

「分りました。本は必ず出しますからお大事に」

髙木編集長は出版の約束をしてくれました。

それから十日後、私は手術室に運ばれましたが、手術は怖くありませんでした。あの世には杉田先生がいるのですから――。

朝八時に手術台に乗せられて、どのくらい時間が過ぎていたのでしょうか。

「手術が終りました」

という声が聞えましたが、すっかり痛みがとれてそこは別世界でした。

「ここは天国ですか」

私は付き添いの看護師にききました。

「いいえ、天国ではありません」

看護師は笑いましたが、私は天国だと思いました。そしてむずかしい手術が成功したのは、神さまのご加護があったからだと感謝しました。

苦しいリハビリに耐えて半年後、どうやら歩けるようになった私が一番に向ったのは、近くのカトリック教会でした。

その日は日曜日で、お聖堂《みどう》の前には中年の神父が立って信者を出迎えていました。

神父はマリッツオという名のイタリア人で、キャリーバックに支えられて辿り着いた私を、両手で受け止めて笑顔で言いました。

「いらっしゃい」

それではお願いしました。

「私を信者にして下さい」

するとマリッツオ神父は私の手を握りしめて笑顔で言いました。

「それでは、入門講座に通ってください」

「分りました」

それから半年間、木曜日の入門講座で勉強して、半年後の十一月に洗礼の許可が下りました。

「洗礼名の希望はありますか」

「はい。クリスチャンネームはジュリヤとしていただきたいのですが――」

「ジュリヤとはどんな関係がありますか」

それで私は内藤ジュリヤの本を書いたことを説明して、『ひと粒の麦』をマウリッツオ神父に進呈しました。

日本語の本なので、マウリッツオ神父が読めるかどうか分りませんが、

「ありがとうございます。よい仕事をしましたね」と言ってくださったので、気持は伝わったと思いました。

そして半年後降誕祭の洗礼式で、私は聖水をいただき白いベールを被り、祭壇の十字架に手を合わせて祈りました。

私は神さまの教えの人間平等を信じます。日本は今も男尊女卑の国なので、私が男女平等をもたらす「ひと粒の麦」になれますようにお導き下さい。

私は洗礼を受けると、百話シリーズでお世話になった下野《かばた》社長に『ひと粒の麦』の本を届けて信者

になった報告をしたいと思い、『人物日本の女性史100話』の編集者に問い合わせました。

しかし下野社長は帰天されたとのことでした。

私はがっかりしましたが、手術の前、本棚に遺影と遺書を準備しておいたので、その横に『ひと粒の麦』を二冊立てて、遺書に「天国へのお土産なので、棺に入れてください」と書き添えました。

下野社長と杉田先生の笑顔が目に浮かびました。

# あとがき

私は日支戦争が始まった昭和十二年に八人兄弟の第五子の四女として生まれました。男の子なら戦力になるので歓迎されましたが、女の子は招かれざる客でした。しかも私の家では翌年妹が生まれたので、私はおばあさんに預けられて、母に抱かれた記憶がありません。

終戦までは「産めよ増やせよ」という政府の国策にこたえてどこの家も子だくさんで、女の子は「はずれっ子」とか「おじゃまっ子」と言われて嫌われました。

私の家は戦災で焼けて、戦後は苦しい暮しをしましたが、終戦の翌年の四年生の国語の教科書に載ったアンデルセンの「みにくいあひるの子」に感動して、私は童話作家に憧れました。

といってもその頃の大分には童話作家はおろかサークルもなく、青山女子短期大学に進学して私の夢は実現します。東京には童話作家がいてサークルもあって、みにくいあひるの女の子の私にとって、東京はまさに白鳥の湖でした。

私は白鳥の仲間入りをして童話を書きますが、出版界は男社会でいくら書いても本にはならず、夫の友人の作家南原幹雄さんの紹介でポプラ社から一冊の童話を上梓し、その後、南原さんにすすめられて女性史を書くようになったのです。

男尊女卑は日本だけではなく、世界でも婦人の地位が低かったため、国連が昭和五十年（一九七五）を「国際婦人年」と定めて、日本でも女性史が書かれるようになったのです。

私は女性史を書く白鳥の仲間に加わり、雑誌や共著や単行本の執筆の他に、講演、講座、取材旅行と多忙な日を送りましたが、過労がたたり、平成二十四年（二〇一〇）の十二月に十二冊目の歴史小説『ひと粒の麦』を書いて黄色靭帯骨化症という難病でダウンします。

でも手術が成功して半年後には歩けるようになり、横浜の「女性史の教室」も再開して、歴史の旅にも出かけるようになりましたが、二年後に背柱管狭窄症を患います。そして半年後、痛みがとれた時、白鳥の湖には女性史を書いていた作家は居ませんでした。女性史のブームが去ったのです。

私は首を傾げます。国連の婦人の地位向上の呼びかけにこたえて女性作家が女性史を書いたのに女性の地位は上らず、男女平等の程度を見るジェンダー格差に関する調査の順位は令和三年で世界一五六カ国中一二〇位というわびしさで、身分差別もつづいています。

私たちが書いた女性史は何だったのか。何のための女性史だったのか。

私は戦中戦後の男尊女卑の時代を首を縮めて生きて来た自分や、身分差別に苦しんだ先生のことを伝えたくて書いたエッセイを本にしたいと思ったのですが、女性史とともに歴史ブームも去って、出版社はつぶれ、編集者も行方不明でした。

どうしたものかと悩んでいると、以前新書を二冊出してくださった金沢智之さんが生原稿を読んで作品社の福田隆雄編集長に送ってくださったのです。

作品社は歴史小説を十一冊上梓してくださった私の実家のような出版社です。そしてお世話になった髙木有編集長もまだ健在で、私は里帰りをした娘のように福田編集長に支えられて本にしていただきました。ありがとうございました。

また、取材でお力添えをいただきました全国の関係者のみなさまには心よりお礼申し上げます。

たくさんの方に支えられて神に感謝、というのが今の私の心境ですが、一つだけ心残りがあります。それは女帝が容認されないことです。

令和四年の後継者選びの有識者会議の結果、皇位継承は伝統の男系男子と決まりました。

伝統の男系男子は遣唐使が持ち帰った、女帝を禁じた封建的な唐の王制です。ご存知ないのでしょうか。

敗戦後日本は新憲法で天皇を国の象徴として、男女同権を決めました。それなのになぜ伝統の男系男子なのでしょうか。

女帝が容認されない限り、日本の男女平等は実現せず、男尊女卑はつづくでしょう。

伝統の男系男子は唐の王制で文化遺産です。一日も早く皇室典範を改訂して、女帝が容認されるよう願ってペンを置きます。

著者

（この本は実話なのでさしさわりのある方は仮名にさせていただきました）

[著者略歴]
**小石 房子**（こいし・ふさこ）
1937 年、大分県大分市生まれ。青山学院女子短期大学国文科卒業。長年、日本の歴史における「女性」をテーマに、執筆活動を行う。また 30 年以上、カルチャー教室で歴史の講師をつとめる。
主要著作：『物語日本の女帝』（平凡社新書、2006 年）、『ひと粒の麦——内藤ジュリヤの生涯』（作品社、2014 年）

**男子にあらずんば　子どもにあらず**
**——女性史と私**

2023年3月5日　第1刷印刷
2023年3月10日　第1刷発行

著者———小石 房子

発行者———青木誠也
発行所———株式会社作品社
〒102-0072 東京都千代田区飯田橋2-7-4
tel 03-3262-9753　fax 03-3262-9757
振替口座 00160-3-27183
https://www.sakuhinsha.com
本文組版——有限会社閏月社
装丁———小川惟久
印刷・製本——シナノ印刷(株)

ISBN978-4-86182-959-8 C0095

## 小石房子の本

### 流人 望東尼

平野国臣、高杉晋作ら多くの志士たちの逃亡、潜伏を助け、女性にして唯一人流罪となり、高杉が島抜けさせた勤皇歌人。その波乱の生涯を、幾多の志士たちの悲劇とともに描く。

### 白子屋お常
御蔵島流人伝

享保改革のみせしめとなった大岡裁きの犠牲者。家付き娘と手代の不義密通として男女四人が斬首された白子屋事件。唯一の生き証人でありながら御蔵島に流されたお常の視点から事件の真相を描く。

### ひと粒の麦
内藤ジュリアの生涯

戦国大名の妻女はなぜ禁制のキリシタンになったのか。自ら大名の家系に生まれ、細川ガラシャを始め多くの名流夫人をキリシタンに導き、高山右近らとルソンに流された日本初の女子修道会「都のベアタス」創設者の波乱の生涯。